Elfi Sinn

Die Weiberwirtschaft

Frauenpower im Mühlengrund

Bibliografische Information der Deutschen Nationalbibliothek:
Die Deutsche Nationalbibliothek verzeichnet diese Publikation in
der Deutschen Nationalbibliografie; detaillierte bibliografische Da-
ten sind im Internet unter http://dnb.dnb.de abrufbar.

© 2019 Elfi Sinn

Herstellung und Verlag:

BoD – Books on Demand Norderstedt

Titelbildgestaltung: Gabriele Barby

ISBN: 9 783 748 168 744

1.Kapitel,
in dem alles mit einem Ernstfall beginnt und völlig neue Wege
gesucht werden

„Das war wieder ein Tag! Manchmal könnte ich verzweifeln, wir
reden und reden, aber in Wirklichkeit passiert nichts."
Kati Geißler warf ihre Tasche auf die Ablage und nahm neben ihrer
Kollegin und besten Freundin Jessica Platz. Sie drehte den Kopf,
um das neue Café zu mustern und registrierte angenehm überrascht,
das Zusammenspiel der sanften Grüntöne der Decken und Polster
mit dem dunklen Braun des Holzes. Sie holte tief Luft und spürte,
wie sie sich etwas entspannte.
„Das war mein Ernst, ich habe die Gespräche so satt! Klar, es hilft
vielen, wenn sie sich wenigsten beim Psychologen aussprechen
können, aber ich würde viel lieber lösungsorientiert arbeiten, etwas
bewegen."
Jessica, die inzwischen die üblichen Cappuccinos geordert hatte,
lächelte. Das war ein Dauerthema zwischen ihnen.
„Das könnte mir auch gefallen. Es würde aber voraussetzen, dass
meine Klienten mir gleich zu Anfang ihr wirkliches Problem schil-
dern. Nach meiner Erfahrung passiert das erst beim zweiten oder
dritten Termin und bei manchen nie."
Kati nahm einen Schluck von dem heißen Getränk und beugte sich
dichter zu Jessica.

„Da hast du absolut recht. Eine meiner Klientinnen hatte Probleme
mit ihrem Selbstwertgefühl, sie hat mir immer von Schwierigkeiten
mit ihrem Chef erzählt. Ich habe getan, was ich konnte, um sie zu
stärken. Gestern kam sie nicht zum Termin und als ich anrief, hat
mit ihre Tochter erzählt, die Mutter liege im Krankenhaus. Ihr
Mann hat sie so schlimm geprügelt, dass sie fast gestorben wäre. Er
schlägt sie übrigens schon seit Jahren. Jetzt sitzt er wenigstens in
Haft, aber nur, weil er auch noch einen Polizisten angegriffen hat.
Wenn ich das alles vorher gewusst hätte, wäre ich mit ihr zu einem
Frauenhaus gegangen."

„Aber das darfst du doch auch nicht. Erinnere dich an die Grund-
sätze. Du bist verantwortlich für die Qualität deiner Therapie, die
Klientin ist verantwortlich für ihr Leben." „Ja, ja, ich weiß, aber
muss es mir gefallen? Manchmal denke ich, ich sollte mal etwas
völlig anderes machen. Aber das geht ja nicht, solange ich noch die
Verantwortung für Sandy trage."

„Wie geht es denn meinem Lieblings-Patenkind?" Jessica war froh
über den Themenwechsel und nutzte die Gelegenheit, Neues zu
erfahren. Seit Kati nach dem Unfalltod ihrer Schwester, die kleine
vierjährige Sandy adoptiert hatte, war Jessica Patentante gewesen.
Mit viel Freude, aber auch Erstaunen hatten beide erlebt, wie aus
der putzigen Kleinen ein richtiges Wunderkind geworden war.

„Sie kommt in den USA erstaunlich gut zurecht. Ich hätte nicht
einmal gewusst, dass dieses berühmte Institut für Technologie in

Massachusetts solche Programme für Hochbegabte hat. Sandy hat
das alles alleine organisiert. Sie hat sogar angedeutet, dass sie dort
ein ziemlich üppiges Stipendium bekommen könnte."

Kati seufzte und lehnte sich zurück. „Ich darf gar nicht daran denken. Sie ist doch erst siebzehn und sie fehlt mir jetzt schon. Wie
soll das gehen, wenn sie vier oder fünf Jahre dort bleibt?"

Jessica lächelte und genoss den Schaum auf ihrem Cappuccino.
Diese Situation kannte sie aus ihrer eigenen Familie nur zu gut.
„Wenn Kinder flügge werden, muss man sie ziehen lassen. Das
weißt du doch auch."

Kati lächelte etwas zögerlich und trank ihre Tasse leer. „Natürlich
weiß ich das, aber muss ich es gut finden?" „Aber dann hättest du
doch auch die Chance, endlich unbelastet etwas Neues zu machen,
einfach mal was anderes auszuprobieren. Deine 37 sind doch kein
Alter, da ist noch viel möglich."

„Bis jetzt weiß ich doch überhaupt nicht, was das sein könnte",
murrte Kati und beglich die Rechnung. „Dann solltest du dir aber
schnell eine Beratung suchen, am besten bei einer Psychotherapeutin", grinste Jessica.

Das hat mit Sicherheit noch viel Zeit, dachte Kati, als sie gemeinsam das Café verließen. Diese Gedanken mache ich mir wieder,
wenn der Ernstfall eingetroffen ist.

Zwei Tage später trat genau der ein. Beim wöchentlichen Skypen
hatte ihr Sandy freudestrahlend erklärt, dass sie ein unwahrschein-

lich hohes Stipendium von einer wissenschaftlichen Gesellschaft erhalten könnte, wenn sie sofort mit dem Studium beginnen würde. „Damit ist alles abgesichert, was ich brauche. Ich bekomme ein Zimmer im Studentenwohnheim, die Verpflegung ist inklusive und ich kriege sogar ein Taschengeld für Klamotten oder ähnliches. Das ist meine Chance, Mom, und du brauchst dir keine Sorgen mehr zu machen, wie du mein Studium finanzieren sollst."

Kati hatte ihren Kummer zurückgehalten und sich mit Sandy gefreut, aber nur solange die Übertragung lief. Dann waren ihr die Tränen wie wahre Sturzbäche aus den Augen geschossen und sie musste so heftig schluchzen, dass ihr alles weh tat.

So fühlen sich also Mütter, wenn die Kinder endgültig aus dem Haus gehen, dachte sie. Das habe ich unzählige Male von Klientinnen gehört, aber ich dachte nicht, dass es so weh tut, dass da eine Lücke entsteht, die nie mehr gefüllt werden kann.

Und wahrscheinlich reagiere ich jetzt genauso wie die Glucken-Mütter, die ich früher immer belächelt habe, dachte sie ironisch, als sie die Tür zu Sandys Zimmer öffnete.

Natürlich sah das nicht mehr so aus wie damals, als Sandy zu ihr kam. Inzwischen war es das Zimmer eines Teenagers mit einer starken Vorliebe für die Farbe Pink. Kati musterte versonnen das Zimmer mit dem großen Kleiderschrank, dem schmalen Bett, dem Bücherbord und dem zierlichen Schreibtisch in weiß, alles andere war pinkfarben oder pink-weiß gemustert. Und natürlich musste es auch an jeder gut sichtbaren Stelle glitzern.

Als das Jugendamt nach Susans Unfall, mit der Kleinen vor ihrer Tür stand, hätte sie viel dafür gegeben, so ein Kinderzimmer zu haben. Damals hatte sie gerade das Studium abgeschlossen, hatte den ersten Job, die erste Wohnung und bereitete sich auf die Spezialisierung vor.

Völlig unerwartet und über Nacht wurde sie Mutter von einem Kleinkind. Da sie Sandy über alles liebte, bemühte sie sich sofort und ohne Einschränkungen um sie.

Alles andere musste warten, wie die eigene Trauer um ihre Schwester oder wurde rigoros zur Seite geschoben, wie die gerade begonnene vielversprechende Beziehung zu Stephan, einem jungen Arzt.

Das war eigentlich das Einzige, das sie im Nachhinein bereute, denn die wenigen kurzen Beziehungen danach, waren immer daran gescheitert, dass die Männer sich zurückgesetzt fühlten oder kein Kind wollten.

Wenn sie ehrlich mit sich war, dann wusste sie auch, dass keiner den Vergleich mit Stephan bestanden hätte. Als ihr das klar wurde und sie ihren Fehler erkannte, war es zu spät. Stephan hatte geheiratet. Irgendwann gab sie dann die Suche nach einem neuen Partner ganz auf.

Und so war es eigentlich immer noch, Ausgehen und Männer standen einfach nicht auf meinem Programm, überlegte Kati.

Das wichtigste war Sandy. Nachdem sie sich einen Monat hatte freistellen lassen, um die Kleine an sich zu gewöhnen, ging sie wieder zur Arbeit in der Unfallklinik und für Sandy fand sie einen Platz in der Kita der Klinik.

Anfangs mit dem viel kleineren Gehalt, hatte sie einfach das Kinderbett mit in ihr Schlafzimmer gestellt. Aber welche Freude war das gewesen, als sie nach dem Umzug in diese Wohnung das erste richtige Kinderzimmer einrichten konnte.

Jessica und sie hatten ganze Wochenenden damit verbracht, trutzige Burgen, geheimnisvolle Gärten, drollige Zwerge und wunderschöne Prinzessinnen an die Wände zu malen. Und wie Sandy trotz ihrer Zahnlücke gestrahlt hatte, das ließ sich mit Worten kaum beschreiben, erinnerte sich Kati, während sie in dem Album aus Sandys Regal blätterte.

Wie schnell doch die Zeit vergangen ist! Gerade stand sie noch stolz mit ihrer Zuckertüte vor der Schule und dann machte sie schon mit knapp 17 ihr Abitur. Nach einem kurzen gemeinsamen Urlaub in der Schweiz war sie in die USA geflogen, um auch noch dort zu bleiben. Selbst der Urlaub, so schön er war, blieb natürlich nicht unberührt von Sandys Leidenschaft für die Physik.

Schon die Auswahl des Kantons Genf war getroffen worden, weil sie dort unbedingt das CERN, das berühmte Forschungszentrum für Teilchenphysik, besuchen wollte. Kati ließ die Foto-Seiten durch die Finger gleiten und seufzte tief.

Gerade war sie noch mein Baby und jetzt fast 12 Stunden Flugzeit entfernt und das noch viele Jahre. Sie seufzte noch einmal und fühlte sich plötzlich uralt. Normalerweise hatte sie nicht solche Anwandlungen, also schüttelte sie den Kopf und schloss die Tür zum pinken Mädchenparadies.

Jetzt begann also der Lebensabschnitt, in dem man noch einmal richtige Abenteuer erleben oder völlig neue Dinge ausprobieren konnte, in dem noch einmal alles möglich war. Sie schüttelte wieder den Kopf, als sie sich daran erinnerte, wie häufig sie ihren Klientinnen mit solchen Worten die Zeit schmackhaft machen wollte, in der diese plötzlich nicht nur die Leere im Haus oder der Wohnung, sondern auch die Leere in ihrem Leben spürten und nach neuen Orientierungen suchten.

„Neue Orientierungen, das wär's", murmelte Kati vor sich hin, als sie in Richtung Küche ging. „Aber wohin soll ich mich orientieren? Ich habe nicht die geringste Idee." Konnte man wirklich mit 37 noch etwas völlig anderes machen, einfach so? War man dafür nicht schon zu alt? Und wer würde sie denn nehmen, ohne passende Ausbildung?

Zweifelnd blieb sie vor dem Flurspiegel stehen. Eigentlich fand sie sich für ihr Alter noch ganz passabel. Sicher, sie war nie die strahlende Schönheit gewesen, wie ihre Schwester Susan. Aber auch ihre Haare waren von diesem besonderen Goldblond, das in der

Sonne wie echtes Gold schimmerte und seit Generationen in dieser Familie von den Müttern an die Töchter vererbt wurde.

Die Augen in einem dunklen Haselnussbraun, waren etwas ungewöhnlich, aber Kati war immer stolz auf diese seltene Färbung gewesen. Whiskey-Augen hatte Stephan sie oft genannt. Sie strich sich mit beiden Händen über ihre Wangen.

Natürlich waren da auch Linien und Falten, schließlich hatte sie schon einiges erlebt und vieles gemeistert. Aber was wollte sie jetzt? Was kam auf sie zu oder wohin könnte sie gehen?

Als sie merkte, dass sich ihre Gedanken schon wieder im Kreis drehten und gerade erneut am Ausgangspunkt angekommen waren, entschied sie sich, Hilfe zu suchen. Sie hatte zwei lange, freie Tage vor sich, Resturlaub, den sie nehmen musste, der jetzt aber ganz günstig kam. Und zwei freie Tage würden ja wohl reichen, um sich über einiges klar zu werden.

Für den Morgen hatte sie schon einen Termin bei Natalie, ihrer Lieblingsfrisörin vereinbart und dann könnte sie vielleicht bei Emilia vorbeischauen. Ihre frühere Psychologie-Dozentin und spätere Mentorin, war schon seit einiger Zeit im Ruhestand, aber Kati hielt sie immer noch für einen der klügsten Menschen auf der Welt und schätzte ihren Rat sehr.

Am nächsten Morgen nach einer überraschend ruhigen Nacht, genoss Kati die Kopfmassage von Natalie ganz besonders. Wenn sie doch auch mit ihren geschickten Händen das Durcheinander in meinem Kopf ordnen könnte, seufzte sie innerlich, als ihr plötzlich die geschwollenen Augen von Natalie auffielen. Auch im Salon war die gedrückte Stimmung fast greifbar. Etwas beschämt, weil ihr das Ganze nicht früher aufgefallen war, flüsterte sie vorsichtig. „Was ist passiert? Hast du Probleme?" Natalie schüttelte nur den Kopf. „Meine Chefin muss hier schließen", raunte sie. „Es ist jedes Mal dasselbe. Entweder wird der Mietvertrag nicht verlängert oder die Miete wird dermaßen erhöht, dass man gehen muss. Das ist jetzt schon das zweite Mal, dass mir das passiert und jedes Mal verliere ich meine Stammkunden, das ist echt ätzend!" Kati strich ihr tröstend über die Hand. „Suchst du was Neues oder machst du dich selbständig?"

Natalie schüttelte mit zusammengepressten Lippen vehement den Kopf. „Bei den heutigen Mietpreisen ist das einfach nicht zu schaffen. Man müsste die Kundschaft regelrecht durchtakten, um auf sein Geld zu kommen, da bleibt der Service auf der Strecke. Aber ich würde schon gerne."

Ein leichtes Lächeln spielte um ihren Mund und ihre grünen Augen begannen zu strahlen. „Davon habe ich immer geträumt. Ein kleiner Salon in schönen Farben, wo man einer Frau nicht einfach die Haare schneidet, sondern sie entsprechend ihrem Typ stylt, sie einfach schöner macht." „Und vielleicht auch noch den passenden Schminkkurs", lächelte Kati. „Ich bleibe dir auf jeden Fall erhalten.

Sag mir einfach Bescheid, wenn du was Neues hast."

Auf dem Weg zur Straßenbahn dachte sie immer noch darüber nach, wie schnell sich Dinge ändern können, an die man sich einfach lange gewöhnt hat und die man dann besonders schmerzlich vermisst. Erst bleibt Sandy so weit weg, dann verschwindet mein Frisör-Salon um die Ecke, fehlt nur noch, dass ich demnächst auch etwas völlig anderes mache.

Nach diesen selbstironischen Gedanken vertiefte sie sich in der Straßenbahn in ihr Buch.

Dieser Bestseller lag schon länger auf ihrem Nachttisch, weil sie ihn unbedingt lesen wollte. Und er war wirklich spannend und fesselte sie mit der Handlung total. Erst als die Tram leicht quietschend um eine Kurve bog, schreckte sie hoch und schaute überrascht aus dem Fenster. So ein Mist! Eine völlig unbekannte Gegend. Jetzt hatte sie sich aber gründlich verfahren. Etwas ärgerlich stieg sie aus. Natürlich typisch für mich, stöhnte sie innerlich, nun habe ich auch bei so einer einfachen Sache schon die Orientierung verloren.

Sie sah sich um, auch der Name der Haltestelle „Mühlengrund" sagte ihr überhaupt nichts und eine Mühle war auch nicht zu sehen. Hier war sie garantiert noch nie gewesen. Ein kurzer Blick auf die App in ihrem Smartphone genügte, um erneut zu stöhnen, aber diesmal laut. Die Bahn zurück fuhr erst in 20 Minuten, bis dahin konnte sie sich ja ein wenig umschauen. Die großen Plattenbauten ringsum sagten ihr eigentlich überhaupt nicht zu, aber irgendwo mussten ja die vielen Menschen in dieser Stadt wohnen. Und schließlich sah es hier noch ziemlich ordentlich aus. An einem langen Gebäudetrakt hatte ein Witzbold oder auch ein Schöngeist grüne Rankpflanzen und Bäume vom Erdgeschoss bis zum Dach gemalt und einige Fenster sogar mit Blumen umkränzt.

Diese gelungene Illusion, in Beton und dennoch im Grünen zu wohnen, sah so toll aus, dass Kati einige Fotos mit ihrem Handy machte, um sie später Jessica zu zeigen.

2. Kapitel,

in dem ein kleiner Umweg zu großen Veränderungen führt

Neugierig auf weitere Überraschungen bog Kati in eine Seitenstraße ein, in der mehrere zwei- und dreigeschossige Gebäude ein Karree bildeten. Mehr konnte man nicht erkennen, aber hören. Denn von dort schallten ziemlich laut streitende Stimmen bis zu ihr. Schade, dachte Kati und wollte gerade weitergehen, denn das störte das bisherige Bild enorm.

Eigentlich war sie von dieser Umgebung sehr angenehm überrascht und freute sich schon, ihrer Freundin Jessica von ihrer Entdeckung zu erzählen. Deshalb sollte sie doch wenigstens einen Blick durch den Torbogen werfen, der die beiden waagerechten Blocks verband. Wenn man den Begriff Überraschung noch steigern könnte, staunte Kati, dann wäre das hier angebracht.

Das Bild, das sich ihr in dem ausgedehnten Innenhof bot, war wirklich so bezaubernd, dass sie einen Moment fast glauben konnte, durch Bilokation gleichzeitig in ihrer Stadt und auch auf einem Dorfplatz in der Toskana zu sein.

Natürlich waren es keine Zypressen, die den Platz säumten, sondern schlanke, deutsche Linden, deren Blüten wunderbar dufteten. Aber die strahlend weißen Gebäude verfügten über dunkle Bogenfenster und bogenförmig überdachte Durchgänge, die das Gefühl vermittelten, in Italien oder wenigstens der italienischen Schweiz zu sein. Die Häuser hatten zwei oder auch drei Etagen und dazwischen interessante Treppenhäuser, durch die man nach oben kam. Es gab aber auch eine Treppe mit dem typisch geschwungenen Eisengeländer, die von außen direkt nach oben führte. Vielleicht zu einem Restaurant?

An der hinteren Seite des Platzes wuchsen ein japanischer Zierahorn, den Kati kannte und noch andere junge Bäume, die ihr absolut fremd waren. Vielleicht Essigbäume oder waren das sogar Zitronenbäume?

An einigen Stellen wurde offensichtlich noch gearbeitet, aber in der Mitte und vor einigen Eingängen waren bereits Blumenrabatten angelegt und Bänke aufgestellt.

An den vorderen Hauswänden rankte sich wilder Wein und an den Bogengängen unwahrscheinlich viele, üppige Kletterrosen in weiß, rot und gelb.

Was für ein hübsches Ensemble, dachte Kati und schaute sich bewundernd um. Da hat einer aber tolle Ideen gehabt und auch den Mühlengrund einbezogen! Denn der Clou des ganzen Platzes war ein Brunnen, in dem Wasser über ein großes Mühlenrad floss und es bewegte. Ein pausbäckiger Drache saß oben über dem Rad und schien zu überwachen, dass es sich auch beständig drehte.

Vom Brunnenbecken aus floss das Wasser in einer gewundenen Rinne über den Platz und war bestimmt eine angenehme Abkühlung, wenn es wie in diesem Frühsommer noch heißer werden würde. Das ist wirklich ein kleines Juwel, dachte Kati.

Oder eher noch ein ungeschliffener Edelstein. Denn die kleinen
Läden oder Lokale im Erdgeschoss, die man erkennen konnte, war-
en alle noch leer. Wirklich schade, überlegte sie. Hier müsste es
doch Freude machen, einzukaufen.

Die Streithähne, zwei Männer und eine schlanke, junge Frau mit
einem blonden Pferdeschwanz, die eine ganze Weile offensichtlich
in irgendwelche Papiere vertieft waren, begannen wieder lautstark
zu diskutieren. Der Lärm störte Katis Freude an diesem Platz und
sie wollte eigentlich zur Tram zurückgehen, aber die Therapeutin in
ihr war wie immer optimistisch. Vielleicht kann ich jetzt wirklich
mal etwas bewegen, überlegte sie und auch eine Lösung vermitteln.
Zu ihrer eigenen Überraschung klappte das ganz gut, allerdings
nicht ohne einige Verluste. Der junge Mann, der vorher am lautes-
ten war, hatte den Ort unflätig schimpfend verlassen und offensichtlich gekündigt. Als er wütend durch den Torbogen stürmte, hörten
sie nur noch „Verfluchte Weiberwirtschaft!" Dann nichts mehr.
Die beiden anderen schüttelten verständnislos oder auch erleichtert
den Kopf. Die junge Frau mit dem Pferdeschwanz, die sich als
Wendy vorgestellt hatte, lächelte Kati zu. „Vielen Dank für die
Vermittlung! Bist du ein Mediator oder sowas?"
„Eigentlich nicht", begann Kati, als sie von dem Mann mit einem
entschuldigenden Lächeln unterbrochen wurde. „Ich bin auch froh,
dass wir einen Kompromiss gefunden haben, aber leider muss ich

jetzt zurück." Und an die junge Frau gerichtet, setzte er fort.

„Frau Peters, wir sind uns einig, bis Weihnachten müssen hier die Geschäfte laufen oder uns droht doch noch ein gieriger Investor. Und suchen Sie sich unbedingt einen neuen Geschäftsführer."

Dann verabschiedete er sich auch von Kati, die immer noch grübelte, woher sie diesen Mann kennen könnte.

Er erschien ihr so vertraut, obwohl sie ihn ganz sicher zum ersten Mal sah. Bis ihr Stephan einfiel, ja der Mann sah ihm sehr ähnlich. Sonderbar, dass sie jetzt schon zum zweiten Mal an ihn dachte.

Wendy holte tief Luft, als sie alleine waren. „Hast du Lust auf einen Kaffee, ich muss unbedingt mit jemandem reden, der klüger ist als ich."

Kati wollte eigentlich wieder zur Tram zurück, aber die ganze Sache hatte sie neugierig werden lassen, also folgte sie Wendy in das Gebäude. Im Erdgeschoss war laut Schild gerade eine Praxis für Physiotherapie im Aufbau. Bisher standen aber nur einige Liegen und Geräte in dem großen Raum.

Dahinter war offensichtlich ein kleines Büro, in dem Wendy schon an der Kaffeemaschine hantierte. „ Cappuccino? Setz dich doch, ich hoffe, es ist okay, wenn ich Du sage, auch wenn du vielleicht ein paar Jahre älter bist als ich?" Kati schmunzelte, es tat gut, so etwas von einer deutlich jüngeren Frau zu hören.

„Nochmal zu deiner Frage vorhin. Ich bin keine Mediatorin, sondern Psychotherapeutin. Es hat mich einfach gereizt, das ewige

Reden mit einem Lösungsvorschlag zu unterbrechen, der beiden Seiten gerecht wird. Ich finde, es wird bei viel zu vielen Dingen nur geredet und zu wenig gehandelt."

„Da bin ich absolut deiner Meinung. Ich würde auch gerne mehr voranbringen, aber ich schaffe es nicht. Ich muss ja meine Praxis auch noch aufbauen."

Und mit einem stolzen Lächeln fügte sie an. „Das ist meine erste eigene Praxis und die kann ich mir auch nur leisten, weil mein Onkel für mich vorausgedacht hat." Sie reichte Kati einen großen Cappuccino und nippte vorsichtig an ihrem.

„Hast du etwa das Ganze hier geerbt?" Kati wusste nicht, ob man sich in so einem Fall freuen oder fürchten sollte.

„Nicht direkt. Onkel Linus war eigentlich ein Großonkel oder wie man das nennt, ich kannte ihn nur vom Erzählen Vermutlich war er so was wie das schwarze Schaf in der Familie, aber er muss ein sehr interessanter Mann gewesen sein. Irgendwo im Ausland hat er viel Geld gemacht und dann das alles hier aufgebaut. Da er keine eigenen Kinder hatte, hat er es mir vererbt. Zum Glück nicht direkt, sondern über eine Stiftung. Von dieser Stiftung beziehe ich ein Einkommen und kann auch Leute einstellen."

Wendy war offensichtlich stolz darauf, so gut abgesichert zu sein, aber manchmal kam sie Kati auch etwas überfordert vor. Sie beugte sich interessiert vor. „Hat er dir auch seine Vision vermitteln können, was hier genau entstehen sollte?"

„Vermutlich wollte er früher fertig sein, aber seine Krankheit war schneller. Er hat mir viele Unterlagen hinterlassen, daher weiß ich einige seiner Wünsche. Er wollte gerade im Bereich der Plattenbauten so eine Art Dorfplatz schaffen, wo die Menschen sich treffen, etwas einkaufen oder etwas erleben können, einen Ort, an dem sie sich zuhause fühlen." „Aber noch ist doch alles leer", wandte Kati ein.

„Das ist ja gerade das Problem. Ich hatte genau dafür einen Geschäftsführer eingestellt. Aber alles, was er mir gebracht hat, war eine Billigkette, die auch noch mehrere Läden zusammenlegen wollte. Das verstößt gegen die Stiftungsgrundsätze und wäre bestimmt nicht das, was Onkel Linus beabsichtigt hatte."
Wendy hatte sich in Rage geredet und durchquerte das kleine Büro gereizt.

„Jetzt sitzt mir wieder das Bezirksamt im Nacken. Mein Onkel hatte Vorschläge eingereicht, was hier entstehen sollte und die haben das schon in die Planung aufgenommen. Jetzt fragen sie natürlich, wann kommen die kleinen Läden, der Frisör, das kleine Café oder auch eine Buchhandlung. Herr Thiele hat zwar deinen Kompromissvorschlag akzeptiert, aber er wird nicht ewig warten."
„Du brauchst ganz sicher schnell etwas Vorzeigbares", bestätigte Kati, als Wendy den Faden wieder aufnahm. „Ich hatte nicht geglaubt, dass man überhaupt mit dem Mann reden könnte, aber dir hat er ja regelrecht aus der Hand gefressen. Du konntest wirklich

gut mit ihm. Willst du nicht den Posten übernehmen?"

Kati hob protestierend die Hände, aber Wendy war von ihrer Idee total begeistert. „Also ich würde das toll finden, weil du gut mit Menschen umgehen kannst. Aber ich verstehe auch, wenn das gar nicht geht, weil dein Job so toll ist, dass du ihn nicht aufgeben willst."

„Ganz so ist es auch nicht." Kati war von sich selbst überrascht, dass sie mit einer völlig Fremden über ihre beruflichen Probleme sprechen wollte. „Genau genommen bin ich zurzeit ziemlich frustriert und wollte etwas Neues machen, aber das? Dafür sollte man doch wenigstens Betriebswirtschaft studiert haben."

„Das wäre schon gut, aber der ehemalige Geschäftsführer hatte einen tollen BWL-Abschluss und hat das Ganze in den Sand gesetzt. Mir wäre jemand mit Lebenserfahrung und guten Kommunikationsfähigkeiten lieber."

„Das wäre nicht das Problem", wandte Kati ein. „Aber ich habe doch von Häusern überhaupt keine Ahnung."

„Das brauchst du doch auch nicht", nutzte Wendy die sichtbare Unschlüssigkeit Katis. „Denk einfach mal darüber nach. Ich gebe dir die Stiftungsbroschüre mit. Da steht alles, was Onkel Linus erreichen wollte. Von dir wird nur erwartet, die richtigen Leute zu finden, die den Platz zum Leben erwecken. Irgendwo muss es doch eine Frisörin oder einen Bäcker geben, die gerne hier arbeiten würden. Vielleicht haben die Anwohner ja auch noch andere Wünsche, die du am schnellsten erfährst, wenn du mit ihnen redest."

Kati wollte Wendys Redefluss eigentlich stoppen, als ihr Natalie,
die Frisörin, wieder einfiel. Wäre das eine Möglichkeit?
„Wie sind denn die Mietkonditionen? Soweit ich weiß, ist das oft
das Hauptproblem. Kaum ein kleiner Laden kann das erwirtschaf-
ten, was heute als Miete verlangt wird."
Aber Wendy lächelte ganz entspannt. „Genau darauf hat Onkel
Linus geachtet. Er muss selbst wegen hoher Kosten zweimal Pleite
gegangen sein, deshalb soll es hier für alle, die sich selbständig
machen wollen, eine echte Chance geben."

Diese Worte hatte Kati noch im Ohr, als sie nach zweimaligem
Umsteigen, einem kurzen Imbiss in einer Bäckerei und einem
Stopp am Blumenladen für ein kleines Moosrosenbukett, endlich
auf dem Weg zu Emilia war. Sie hatte von unterwegs sicherheits-
halber angerufen und wurde schon neugierig erwartet.
Emilia saß völlig entspannt in einem bequemen Korbstuhl im Garten. Kati bewunderte Emilia nicht nur wegen ihrer Klugheit, sondern auch, weil ihre ehemalige Mentorin trotz ihrer 70 Jahre immer
noch so aussah, wie früher. Das schwarze Haar, das sie wie üblich
zu einem klassischen Dutt frisiert hatte, wies höchstens ein paar
silberne Strähnen mehr auf, aber das Gesicht schien alterslos glatt.
Während Kati auf dem gewundenen Gartenweg auf Emilia zuging,

warf sie einen Blick auf das große Haus und nahm auch aus den Augenwinkeln wahr, wie gepflegt der Garten war.

Wie macht sie das nur? Hoffentlich habe ich in dem Alter auch so viel Energie, dachte sie, während sie von Emilia umarmt wurde.

Die legte den Strauß auf einen kleinen Tisch und lächelte sie spitzbübisch an. „Hast du einen Notfall, muss ein Ego geschient werden?"

Dann stutzte sie, betrachtete Kati genauer und wurde wieder ernst. „Lass uns ein Stück gehen, Kaffee können wir später trinken. Du hast offensichtlich nicht nur ein Problem."

Kati lachte. „Seit wann bist du unter die Hellseher gegangen? Aber du hast recht, anfangs wollte ich nur einen Rat von dir, in welche Richtung ich gehen könnte, wenn ich meinen Job aufgeben würde. Aber jetzt habe ich ein konkretes Angebot für eine Branche, in der ich noch nie gearbeitet habe."

„Die dich aber reizt oder? Erzähl mir mehr darüber und fang von vorne an." Emilia hat wie immer den Durchblick und auch den richtigen Riecher, dachte Kati, bevor sie ihre Bedenken wegen ihrer Arbeit, den Kummer wegen Sandy und das überraschende Angebot vom Vormittag schilderte. Schon während des Gehens wurde sie ruhiger und auch ihre Gedanken kamen zu Ruhe, um sich neu zu ordnen. Sie hatte nicht erwartet, dass Emilia ihr genau sagen würde, was das Richtige wäre, denn das würde sie nie tun.

Aber Kati wusste noch aus der Zeit der Supervision mit ihrer Mentorin, dass deren ruhige Art des Zuhörens und ihre gezielten Fragen dazu führen würden, dass sie sich mit ihrer eigenen Entscheidung wirklich sicher fühlen konnte.

Und so war es auch heute. Genau genommen brannte sie doch bereits darauf, sich auf diese Aufgabe zu stürzen, sich in etwas völlig Neuem zu beweisen. Wendy hatte ihr ein Gehalt angeboten, das ihr bisheriges Einkommen noch übertraf, allerdings war es nur eine zeitlich begrenzte Sache.

Wenn sie es bis Weihnachten nicht schaffte, würde sie auf der Straße stehen. Wollte sie dafür wirklich ihre feste Anstellung riskieren?

Aber vielleicht musste sie das ja gar nicht. Gerade als sie sich erleichtert Emilia zuwandte, riefen beide gleichzeitig: „Sabbatical!".

„Wir sind einfach zu gut, das sollten wir uns patentieren lassen", lachte Emilia. „Da wir eine Lösung haben, können wir jetzt auch Kaffee trinken und den Kuchen genießen."

Kati wusste aus Erfahrung, dass Emilia schon immer mit ihrer Küche auf Kriegsfuß stand und versuchte noch rechtzeitig zu entkommen. „Ich muss noch einiges erledigen, wir können den Kaffee gerne verschieben."

Aber Emilia durchschaute sie sofort. „Keine Angst, ich habe mich weder am Kaffe noch am Kuchen vergriffen. Das überlasse ich jetzt Spezialisten."

Das letzte flüsterte sie, als sie an der gedeckten Kaffeetafel unter einem großen Apfelbaum ankamen.

Gerade trat eine etwas untersetzte, freundliche Frau mit einer Kaffeekanne aus dem Haus. Ihre silbergrauen Haare waren fast militärisch kurz geschnitten, aber ihr breites Lächeln ließ diesen Eindruck sofort wieder verschwinden.

„Darf ich vorstellen, das ist meine alte Freundin und neue Mitbewohnerin Freya. Wir kennen uns seit ewigen Zeiten, als wir noch gemeinsam in einer Boogie-Woogie-Formation getanzt haben. Ihr nennt das heute, glaube ich, Jive. Und sie ist die Garantie dafür, dass alles, was auf den Tisch kommt hervorragend schmeckt, so wie dieser Apfelkuchen. Immerhin hat sie früher für Offiziere gekocht und gebacken."

Kati blinzelte überrascht. „Du hast eine WG gegründet?"

„Stimmt", lachte Emilia. „Für mich alleine war das Haus viel zu groß, aber ich hänge an all dem, dem Garten, der Ruhe, den Nachbarn. Also habe ich einiges umbauen lassen und jetzt leben wir drei in einer richtigen Senioren-WG. Und wir duzen uns und alle anderen auch, wie früher. Das fühlt sich toll an."

Nachdem Freya kurz in ihr Handy gesprochen und es wieder weggelegt hatte, ergänzte sie. „Der dritte ist Leander, er hat sich wieder irgendwo festgelesen oder eingegraben, aber er kommt gleich."

Während Kati den wirklich guten Kaffee probierte, erinnerte sie sich an ihre eigenen WG-Erfahrungen. „Aber ist denn das für euch nicht ziemlich ungewohnt? Im Laufe des Lebens entwickelt man

doch seine Gewohnheiten und auch Eigenheiten. In unserer Studen-
ten-WG war das noch nicht so ausgeprägt, aber heute? Da hätte ich
bei mir auch einige Zweifel." „Das ist kein so großes Problem."
Emilia lächelte vergnügt.

„Es klappt immer dann hervorragend, wenn man eine gute Arbeits-
teilung hat und nicht auf die Schwächen, sondern die Stärken von
jedem achtet. Freya zum Beispiel kocht am liebsten und das hervorragend."

„Noch lieber würde ich backen", wurde sie von dieser unterbrochen, „aber die beiden haben zu viel Angst um ihre Linie. Also
koche ich ganz gesund und verschenke meine süßen Sünden."
Kati beugte sich interessiert vor.

„Würdest du das auch beruflich machen? Das Projekt, das man mir
heute angeboten hat, braucht eine kleine Bäckerei."
Und weil Freya immer noch interessiert schaute, schwärmte Kati
regelrecht von diesem hübschen Platz im *Mühlengrund*. Freya hörte interessiert zu, hob danach aber abwehrend die Hände.

„Nein, das wäre mir doch zu viel. Mitarbeiten, das könnte ich mir
gut vorstellen. Ich habe eine Enkelin, Judith, die genauso gerne
bäckt, wie ich und das auch gelernt hat. Vielleicht wäre das die
Chance für sie?"
Kati strahlte. „Ich gebe dir meine Handynummer. Sie kann mich
gerne anrufen und wir könnten uns dann dort treffen. Es gibt echt
gute Bedingungen, aber es ist natürlich immer besser, sich sein

eigenes Bild vor Ort zu machen." „Weißt du wie toll das ist", freute sich Emilia, „du gehst schon richtig in der neuen Aufgabe auf. So hast du schon lange nicht mehr gestrahlt."

„Wer hat eine neue Aufgabe, habe ich was verpasst?" Mit diesen Worten näherte sich ein hochgewachsener, älterer Herr dem Kaffeetisch. Er war überraschend stark gebräunt und hatte auch nicht so ganz saubere Hände. „Leander, hast du wieder irgendetwas ausgegraben. Aber bitte nicht am Tisch, wir haben heute einen Kaffeegast."

Mit diesen Worten reichte ihm Emilia lächelnd ein Feuchttuch aus der Packung, die offensichtlich häufig gebraucht wurde.

„Kati, das ist Professor Leander Teuscher, er hat früher an der gleichen Universität gelehrt wie ich. Er ist ein absolutes Ass, was Betriebswirtschaft, Management oder Buchführung betrifft. Vielleicht gibt er dir ein paar Extrastunden. Die wirst du sicher gut gebrauchen können."

Der Professor nickte Kati grinsend zu, während er seinen Teller gleich mit drei Kuchenstücken belud. „Warum nicht, denn sonst bin ich hier nur der Gärtner. Aber das gefällt mir ausnehmend gut. Ich kann den ganzen Tag ungestört im Boden wühlen und das Gras wachsen hören. Emilia kauft ein und besorgt alles, was wir brauchen und Freya kocht meine Lieblingsspeisen. Ich bin wirklich ein glücklicher Mann!" Damit ließ er sich in seinem Stuhl zurücksinken, biss in das erste Kuchenstück und stöhnte dabei leise vor

Wonne. „Das bist du wirklich", bestätigte ihm Freya ebenfalls grinsend, „aber nur, weil du mit uns beiden das große Los gezogen hast. Und du weißt auch, wenn du Ärger machst, bringt dich Emilia um."

Weil Kati etwas irritiert schaute, ergänzte Emilia lachend. „Aber nur in meinem nächsten Krimi." „Du schreibst Krimis?" Katis Augen wurden immer größer, was Emilia noch mehr zum Lachen brachte.

„Vermutlich hast du erwartet, dass ich irgendein langweiliges Lehrbuch verfasse, das macht doch keinen Spaß! Und Krimis mochte ich schon immer. Letztes Jahr habe ich mit den Krimifrauen vom alten Bahnhof und den kleinen Detektiven sogar echte Verbrechen aufklären können. Darüber schreibe ich jetzt."

„Und hast du schon einen Verlag gefunden?" Kati konnte sich das immer noch nicht so richtig vorstellen, aber Emilia schien damit wirklich einen Riesenspaß zu haben. „Mit den Verlagen ist das nicht so einfach. Ich stehe mehr auf Cosy-Crime, also mehr gemütliche, aber intelligente Krimis zum Mitdenken und Mitraten. Die Verlage wollen aber eher schlimme, blutige Verbrechen und abartige Soziopathen oder wenigstens schizophrene Typen, also solche, die wir in Therapie oder gleich in die geschlossene Psychiatrie schicken würden."

„Ich will sowas garantiert nicht lesen, ich will gar nicht wissen, welche Grausamkeiten solchen Leuten einfallen." Freya schüttelte sich. „Da kriegt man ja Albträume."

„Genau deswegen bin ich froh, dass ich einen Verlag gefunden habe, der zu mir passt. Die lassen mir meine künstlerische Freiheit und drucken auch noch die Bücher papiersparend nur auf Bedarf." Emilia lehnte sich entspannt zurück, während Leander das letzte Kuchenstück begehrlich beäugte. Freya, die sein Dilemma erkannte, klopfte ihm auf die Schulter. „Iss endlich das letzte Stück Kuchen damit ich neuen backen kann. Den Erdbeer-Kokos-Kuchen will ich schon so lange ausprobieren."

Kati genoss das Geplänkel der drei, die doch so unterschiedlich waren, aber sehr gut miteinander zurecht kamen und sogar ihren Spaß hatten. Jeder von ihnen hatte sich doch ebenfalls in einer völlig neuen Situation befunden und sie auch mit 70 oder mehr Jahren überraschend gut gemeistert. Da müsste ich doch auch in der Lage sein, etwas völlig anderes zu packen, sprach sie sich innerlich Mut zu. Ich habe doch aus meiner therapeutischen Arbeit ausreichend Erfahrung, um herauszufinden, was wirklich gebraucht wird. Und einige Ideen hätte ich auch, was ich dort beim Einkaufen gerne vorfinden möchte, durch welche Geschäfte ich gerne bummeln würde.

Auch die angeregt diskutierende Kaffeerunde machte ihr Mut, mit Beispielen, wie viele Prominente erfolgreich den Beruf gewechselt und im neuen Metier erst richtig glücklich geworden waren.

„Wusstet ihr, dass Andrea Bocelli Jura studiert und auch als Anwalt praktiziert hat?" Leander sah fragend in die Runde.

„Weltberühmt würde er aber erst, als er seinen Durchbruch als Sänger hatte."

„Mit so einem Beispiel kann ich auch dienen", warf Freya ein.

„Ich finde es einfach toll, wenn sich jemand so einen Wechsel zutraut, egal in welchem Alter. Vera Wang, die große Designerin, die die einmaligen Hochzeitskleider für die Stars entwirft, war früher Eiskunstläuferin und Modejournalistin bei der *Vogue*. Erst mit 40 wurde sie Designerin und hat ein Unternehmen aufgebaut, das heute millionenschwer ist."

„Und nicht zu vergessen, Arnold Schwarzenegger." Emilia klang fast ein wenig schwärmerisch. „Anfangs war er nur ein gut trainierter Muskelberg, dann ein wirklich guter Schauspieler und schließlich sogar Gouverneur von Kalifornien. Heute ist er wieder Schauspieler. Vielleicht läuft es bei dir auch so ähnlich, wer weiß das schon. Du kannst immer noch zurück, Kati, wenn dich das Projekt nicht glücklich macht. Aber du würdest es immer bedauern, wenn du es nicht wenigstens probiert hättest."

Auch Jessica, mit der sie am Abend telefonierte, bestärkte sie in ihrem Vorhaben. Also sichtete sie am nächsten Tag ihre Unterlagen, prüfte die Möglichkeiten eines Sabbaticals, der unbezahlten Freistellung für ein Jahr, noch einmal gründlich im Internet und formulierte ihren Antrag an die Leitung der Klinik. Wenn das nicht klappen sollte, überlegte sie, könnte ich mich noch mit Kristin beraten, der netten Anwältin, der sie nach einem Unfall geholfen hatte. Ein wenig staunte sie auch über sich selbst, wie wichtig ihr das Ganze schon geworden war.

Wendy würde sie mit ihrer Zusage garantiert glücklich machen und gleichzeitig könnte sie etwas für Natalie und die Enkelin von Freya tun. Bis jetzt habe ich schon zwei mögliche Bewerberinnen, überlegte sie, an nur einem Tag! Offensichtlich liegt mir das.

Wenn ich weiter meine Antennen nach allen Seiten ausrichte, dann fallen mir auch noch andere Gewerbe ein, die wirklich notwendig sind.

Denn Luxus hatte Wendys Onkel Linus offensichtlich nicht vorgeschwebt, sondern guter Service für ganz normale Menschen und zu erschwinglichen Preisen.

3. Kapitel,

in dem aus einem Schimpfwort eine fantastische Marketing-Idee

entsteht, die *Weiberwirtschaft* gegründet wird und das Glück zu

sprudeln beginnt

Nach zwei langen Wochen hatte Kati die Genehmigung der Klinik-

leitung. Natürlich waren ihre Vorgesetzten nicht glücklich über ihr

Ausscheiden, auch wenn es nur vorübergehend sein sollte.

Sie war froh, dass man ihr diese Möglichkeit bot, denn mit jedem

Tag spürte sie mehr und mehr, wie die neue Aufgabe sie in ihren

Bann zog.

Wendy hatte schon am Telefon gejubelt, als Kati ihr die Entschei-

dung mitteilte und als sie jetzt ihren ersten Arbeitstag begann, war

Wendy die erste, die sie jubelnd und mit einer festen Umarmung

willkommen hieß.

Nach einem gemeinsamen Kaffetrinken, einem ersten Abstimmen

und einem Rundgang durch die bereits fertig gestellten Ladenloka-

le, bei dem Kati fleißig fotografierte, suchten sie ihr künftiges Büro

auf, das im gleichen Haus wie Wendys Praxis untergebracht war.

Die öffnete einladend die Tür. „Ich habe den Raum erst einmal so

gelassen, wie ihn dein Vorgänger haben wollte. Mir wäre das zu

modern und wenn du das auch so siehst, wir haben noch jede Men-

ge Möbel im Keller." Nachdem Kati den unterkühlt wirkenden

Raum in Glas und Edelstahl kurz gemustert hatte, nickte sie Wendy

zu. „Vermutlich ist es in einer Tiefkühltruhe gemütlicher.

Nein, danke! Gehen wir in den Keller." Erstaunlicherweise gab es dort eine Riesenauswahl quer durch alle Stilarten. „Wollte dein Onkel auch Möbel verkaufen? Dafür würde der Platz in den Läden aber doch sicher nicht ausreichen.".

Wendy lachte nur und schüttelte den Kopf.

„Es sieht so aus, aber ich glaube eher, er hat einfach nur schöne Dinge gesammelt. Und er stand auf Klassik. Such dir aus, was dir gefällt."

Während Kati räumte und Passendes zusammenstellte, ging Wendy an den Wänden entlang und klopfte probeweise gegen die Ziegel. „Dieser Keller ist übrigens noch original", erklärte sie. „Das Haus das früher hier stand, gehörte meiner Urgroßmutter. Als Onkel Linus gebaut hat, wurde es abgerissen, aber der Keller blieb. Vielleicht gehörte er auch schon zu der alten Mühle, die vor langer Zeit hier stand. Das sieht alles so aus, als hätte es schon Jahrhunderte überlebt."

Auch Kati sah sich jetzt interessiert um. Die Wände waren mit dunkleren Ziegeln sauber verklinkert und auf dem Boden lagen große Natur-Steinplatten. „Vielleicht sollte das mal eine Kellerbar werden, das könnte ganz urig sein. Tische aus alten Weinfässern, flackerndes Kerzenlicht, sanfte Lautenmusik, das wäre eine tolle Atmosphäre." Wendy stimmte begeistert zu und half einen kleinen eleganten Art Déco-Schreibtisch aus Palisanderholz und zwei kleinere Regale zum Lastenfahrstuhl zu tragen. „Fehlen noch passende

Stühle." Wendy sah sich suchend um, als sie beide wieder im Kellerraum standen. „Es gibt nur einen einzigen, der dazu gehören könnte. Dann müssen wir eben noch etwas kaufen."

Kati, die gerne eine wirklich passende Ergänzung gehabt hätte, drehte sich suchend um.

„Vielleicht in einem anderen Raum? Wohin geht diese Tür?"

Aber der Raum, dessen Tür Kati öffnete, war total leer.

Die zweite Tür an der gegenüber liegenden Wand hatte man entfernt und den Zwischenraum nicht sehr gekonnt zugemauert.

„Das kann keine Außentür gewesen sein", mutmaßte Wendy, die den Raum mit langen Schritten abgemessen hatte.

„Oben geht es an dieser Stelle mindestens noch drei Meter weiter"

Energisch stieß sie an einen Ziegelstein, der sofort auf der anderen Seite herunterfiel und ein hohl klingendes Geräusch verursachte.

„Vielleicht sollten wir das lieber lassen", flüsterte Kati, der ein wenig unheimlich wurde.

Aber Wendy lachte nur und schob weitere Steine zur Seite. „Wie ich meinen Onkel Linus einschätze, hat er dort keine Leiche eingemauert. Und wenn es dahinter doch ein Geheimnis gibt, will ich es wissen!"

Wieder polterten Steine zur anderen Seite, als Kati plötzlich die Hand hob. „Warte mal einen Moment! Hörst du das? Irgendetwas gluckert dort. Das ist gruselig."

Wendy schüttelte über diese Bedenken nur den Kopf und grinste. „Das ist garantiert kein Blut, das von der Decke tropft. Was für Filme siehst du denn? Wenn etwas fließt, kann es nur Wasser sein und dann muss ich das auch überprüfen. Falls das Mauerwerk marode ist, muss ich das trockenlegen lassen und bei Schimmel an der Wand, kann ich meine Praxis vergessen."

Mit neuer Entschlossenheit und einem Hammer, den sie aus dem Nebenraum geholt hatte, machte sie sich daran, die restlichen Steine zu entfernen. Kati war froh, dass sie ausreichen Staub- und Wischtücher mitgenommen hatte, die sie sich jetzt vor Mund und Nase banden.

So konnten sie sich beim Abriss besser gegen den Staub schützen.

„Puh, trotz Tuch riecht es hier unangenehm, die Luft ist total abgestanden."

Kati wischte sich über die Stirn und spähte in den Raum.

„Da ist so etwas wie ein Becken. Hast du vielleicht eine Taschenlampe?" Wendy sah sich suchend um und grinste dann.

„Ich habe etwas viel Besseres. Da muss irgendwo ein Schalter sein. Geschafft."

Plötzlich war der Raum strahlend hell erleuchtet. „Hey, es gibt sogar eine richtige Lampe", rief Kati. „Dort steht mein Stuhl, genauso etwas habe ich gesucht. Die Plackerei hat sich also gelohnt. Bloß Geheimnisse scheint es keine zu geben."

Nachdem beide über die restlichen Steine geklettert waren, sahen sie sich immer noch fragend an.

„Warum hat jemand diesen Raum zugemauert? Ich könnte meine Mutter fragen, aber wir reden nicht miteinander. Und feucht ist die Wand auch nicht", stellte Wendy fest. „Das Gluckern kommt aus diesem Becken, das sieht aus wie ein Trinkbrunnen in einem Kurhaus. Schau mal, das Wasser läuft sogar noch."

Kati war gerade dabei, den entdeckten Lehnstuhl mit Lederbezug aus der Ecke ins Licht zu ziehen. Super! Regelrecht entzückt stellte sie fest, dass er ebenfalls aus Palisanderholz und ebenfalls im Art Déco-Stil gearbeitet war, wie die anderen Möbel.

Er würde gut passen, nur der alte Staub müsste entfernt werden.

Nach Wendys Ruf drehte sie sich nach ihr um.

Die stand neben einem Brunnenbecken, das entfernte Ähnlichkeit mit einem Taufbecken in Kirchen hatte. Über einem schmalen Fuß erhob sich ein rundes Becken, aus dessen Mitte sich zwei dünne Wasserstrahlen in einem Bogen wieder in das Becken ergossen.

Das Material des Beckens sah wertvoll aus und fühlte sich auch so an, als Kati mit der Hand darüber fuhr.

„Glaubst du, dass man das trinken kann?" Wendy ließ gerade den Wasserstrahl über ihre Hände rinnen, um den Staub abzuwaschen. „Ich versuche es einfach! Das ist richtig gut und frisch. Probier mal!" „Gleich, ich muss nur schnell diesen Stuhl sauber machen." Kati feuchtete eines der Tücher in dem Becken leicht an, um den Stuhl zu entstauben. Während sie danach auch ihre Hände wusch, überlegte Wendy immer noch.

„Nach den Plänen ist hier keine Wasserleitung eingezeichnet, das habe ich gründlich geprüft. Also muss das eine Quelle sein."

Nachdem Kati das Wasser ebenfalls aus der hohlen Hand gekostet hatte, stimmte sie begeistert zu.

„Das Wasser ist wirklich toll! Wenn das eine Heilquelle ist, kannst du es abfüllen und verkaufen."

Genau in diesem Moment versiegte das Wasser. Kati schaute überrascht auf die letzten Tropfen im Becken, während Wendy aufgeregt schrie: „Bloß nicht! Nimm dieses Wort nie wieder in den Mund. Jetzt weiß ich, was das ist. Das ist die magische Glücksquelle."

„Du meinst, die Quelle könnte Glück bringen?" Kati kam das doch sehr esoterisch vor. „Nein, man hat Glück, wenn es fließt. Bei allen, die es verkaufen wollten, versiegte das Wasser und sie hatten Pech ohne Ende, so hat es mir meine Oma immer erzählt. Ich dachte, dass wäre so eine alte Familien-Legende, mehr Übertreibung als Realität, aber jetzt…"

Wendy seufzte und hob ratlos die Schultern.

„Und was machen wir jetzt?" Kati wurde etwas mulmig zumute.

„Habe ich sie jetzt kaputt gemacht?"

Wendy sah sie immer noch ratlos an. „Keine Ahnung! Kennst du nicht irgendwelche Rituale, mit denen man so etwas rückgängig machen oder es reparieren kann?" Sie flüsterte jetzt, so als ob unsichtbare Dritte zuhören könnten.

Auch Kati senkte die Stimme. „Mit Wundern habe ich keine Erfahrung, aber wenn meine Tochter früher etwas falsch gemacht hatte, habe ich sie immer versprechen lassen, es nie wieder zu tun. Das könnten wir auch machen. Ein feierliches Versprechen, diese Quelle zu ehren, jeder für sich, ganz still."

Dann stellten sich beide neben das Becken und legten ihre Hände auf die Umrandung. Wendy unterdrückte ein leises Kichern, wurde dann wieder ernsthaft und murmelte die gewünschten Worte.

Gebannt starrten sie danach in das Becken. Als das Wasser zunächst leicht gluckerte und dann wieder zu fließen begann, fielen sie sich lachend in die Arme.

„Jetzt wird alles gut", jubelte Wendy. „Wir sollten diesen Raum wieder etwas herrichten, denn hier haben wir etwas Besonderes: Einen Brunnen, der Glück bringt!"

Nachdem Kati ihr Büro mit den eleganten und doch gemütlichen Möbeln eingerichtet hatte, rief sie ihre Frisörin Natalie an und verabredete sich für den nächsten Tag zu einem Treffen im *Mühlengrund*. Danach schickte sie noch einige Fotos, die sie vom Gelände gemacht hatte, auf deren Handy. Das weckte genau das richtige Interesse, denn Natalie antwortete sofort begeistert.

Während Kati noch überlegte, wie sie die weißen Wände ihres Büros verändern könnte, klingelte ihr Handy erneut. Judith, die Enke-

lin von Freya, meldete sich, um einen Termin zu vereinbaren.
Auch sie wurde von Kati mit Fotos und ersten Vorschlägen zu den
Mietkonditionen versorgt. Alles Weitere würden sie am nächsten
Nachmittag vor Ort besprechen.

Höchst zufrieden mit den ersten Ergebnissen suchte sie Wendy auf,
um ihr zu berichten. Die stöhnte zwar, weil sie gerade erfahren
hatte, dass das große Lymphdrainage-Gerät für ihre Praxis immer
noch nicht geliefert werden konnte, freute sich aber auch über den
Fortschritt.

„Hey, das ist toll, zwei Bewerberinnen schon am ersten Tag!
Ich wusste, dass es klappen würde. Von wegen verfluchte Weiberwirtschaft.“

Als Kati sie nur irritiert ansah, erklärte sie.

„Das hat doch dein Vorgänger geschrien, nachdem er wütend davon gestürmt ist.“ Kati schaute sie etwas verdutzt an, dann breitete
sich ein strahlendes Lächeln über ihr Gesicht.

„Das ist es! Das ist das Besondere, das was uns am Besten be-
schreibt und uns von allen anderen unterscheidet. Wir gründen eine
richtige Weiberwirtschaft und treten auch so nach außen auf, also
in der Presse und im Internet. Wenn hier jemand mieten will, muss
der Chef eine Frau sein. Das ist unsere Bedingung.“

„Du bist echt die Beste“, freute sich Wendy. „Das ist wirklich etwas Besonderes, aber schaffen wir das auch?“ Obwohl sie ebenfalls
noch einige Zweifel hatte, gab sich Kati schon siegessicher.

„Frauen sind die besseren Manager, sie müssen nur die richtige Gelegenheit bekommen, sich zu beweisen und die schaffen wir hier."

Vielleicht ist das schon die Wirkung des Wassers oder einfach die richtige Idee zur richtigen Zeit überlegte Kati, als sie zu den Malern kam, die noch in den oberen Etagen arbeiteten.
Denn erstaunlicherweise hatten sie eine Chefin. Diana Ortmann war eine patente Person, die schnell umdisponieren konnte.
Als Kati ihr erklärt hatte, dass sie für ihr Büro einen freundlicheren Anstrich brauchte, kam sie zur Vorortbesichtigung samt Farbfächern gleich mit.
Obwohl sie eine weiße Latzhose und auch eine Kappe auf dem Kopf trug, fehlten bei ihr die typischen Malerflecken. Vielleicht hat sie andere Aufgaben, überlegte Kati, bevor sie sich der Farbenauswahl zuwandte.
Während Diana flink durch das Zimmer eilte und die Wände vermaß, konnte sich Kati angesichts der vielen Möglichkeiten einfach nicht entscheiden. Das Rot gefiel ihr gut, wäre aber als Raumfarbe zu anregend. Lieber Orange oder beruhigendes Grün? Würde das überhaupt zu den Möbeln passen?
Diana, die das Problem offensichtlich kannte, kam zu ihr und setzte sich auf den Stuhl, den Kati in dem verschlossenen Raum gefunden hatte.

„Du überlegst noch, welche Farbe am besten passt?" Sie schob die Kappe nach hinten und strich sich einige dunkle Haarsträhnen hinter die Ohren, während sie sich im Raum umsah.

„Soll der Raum ein reines Büro sein oder soll er auch kommunikativ wirken? Kann er auch einen femininen Touch haben?"

Kati nickte. „Am besten alles gleichzeitig. Es soll eine kreative Atmosphäre sein, aber nichts Übertriebenes."

Diana betrachtete die Möbel und breitete den Fächer mit Pastellfarben aus.

„Du hast sehr schöne klassische Art Déco-Möbel, der Schreibtisch müsste von Jaques Ruhlmann sein, so um 1925. Zu diesem warmen Palisanderton würde ein frisches Gelbgrün passen, das hellt den Raum auf und wirkt gleichzeitig anregend. Am Fenster würde ich die Wand weiß lassen, aber du brauchst noch passende Jalousien. Die kann ich dir morgen anbringen."

Kati war total verblüfft. „Das hatte ich jetzt nicht erwartet! Bist du in Wirklichkeit Innenarchitektin? Das war super erklärt und macht mir die Entscheidung leicht. Genauso machen wir das."

Diana freute sich sichtlich über das Lob und lächelte zufrieden, aber auch ein wenig traurig.

„Inneneinrichtung war etwas, was ich schon immer machen wollte. Schon als Kind habe ich meine Puppenstubenzimmer ständig neu gestaltet. Ich hatte schon mit dem Studium begonnen, als im 4. Semester mein Vater starb und ich als einziges Kind das Malergeschäft übernehmen musste. Dann habe ich geheiratet, die Kinder kamen und demnächst werde ich fünfundvierzig und habe immer noch den gleichen Traum."

Es ist doch immer wieder das Gleiche, dachte Kati, ein wenig resigniert. Das hatte sie schon von so vielen Frauen gehört. Warum verzichteten so oft die Frauen auf ihre Träume?

„Was sagt denn dein Mann dazu?"

„Ach, der", winkte Diana ab. „Der hat doch schon ein Problem damit, dass ich die Chefin bin." Sie sah verlegen nach unten.

Kati, die diese Gestik gut kannte, beugte sich interessiert vor.

„Und warum teilt ihr die Verantwortung nicht? So ähnlich wie im Krankenhaus. Da gibt es einen ärztlichen Direktor, der sich mit der Behandlung der Kranken befasst und einen, der sich um die Verwaltung, die Abrechnung, also um das Geschäftliche kümmert. Das müsste bei dir doch auch möglich sein. Dann hättest du mehr Gelegenheit, Räume einzurichten."

Diana rang verlegen die Hände. „Ich weiß überhaupt nicht, warum ich davon angefangen habe. Ich rede sonst nicht über meine Probleme, aber mit dir geht das halt sehr gut."

Jetzt lächelte sie wieder und Kati atmete auf. Auch lösungsorientierte Arbeit braucht Zeit! Das musste sie sich immer wieder ins Gedächtnis rufen, wenn sie zu schnell vorpreschte.

„Ich mache uns mal einen Kaffee, falls ich mit diesem Hightech-Monstrum meines Vorgängers klarkomme."

Erst der zweite Versuch brachte den gewünschten Erfolg und als sie sich mit der Tasse zu Diana umwandte, notierte die hastig einige Zahlen auf einem Block. Dann atmete sie tief ein und hob den Blick.

„Ich komme mir richtig dumm vor, weil mir so eine einfache Lösung nicht eingefallen ist, aber jetzt mache ich das. Mein Mann übernimmt die Maler und ich mache Kundengespräche und Beratung. Allerdings brauche ich dafür ein kleines, möglichst preiswertes Büro, wo ich auch meine Abrechnungen und Bestellungen machen kann oder auch mal eine Beratung zu Gardinen, Jalousien und vielleicht auch Räumen. Bisher habe ich das alles zuhause in der Küche erledigt. Das geht jetzt wirklich nicht mehr. Hast du noch was frei?"

Kati strahlte. „Willkommen im Club! Den Raum kannst du dir heute gleich aussuchen. Damit bist du die erste Kandidatin für die *Weiberwirtschaft*, die wir hier gründen. Hier bist du genau richtig."

Als Kati am Abend das Gelände verließ, fühlte sie sich zwar müde, aber mehr als zufrieden. Schon am ersten Arbeitstag hatte sie drei Interessentinnen und bei allen auch ein gutes Gefühl. Allerdings war noch viel zu tun und ihre To-do-Liste für die nächsten Tage würde immer länger werden. Doch das schreckte sie nicht ab, es ging vorwärts und alles deutete darauf hin, dass sie sich auch in einem fremden Metier beweisen konnte.

Als sie abends mit Jessica telefonierte, schäumte sie regelrecht vor Begeisterung, was ihrer langjährigen Freundin auch auffiel. „Wir müssen unbedingt mal wieder einen Kaffee zusammen trinken, ich will Einzelheiten hören. Es scheint echt spannend zu sein, was du da machst und du blühst dabei richtig auf. So habe ich dich schon lange nicht mehr erlebt."

Kati lachte vergnügt. „Es macht mir auch einen Riesenspaß! Und ein Eheproblem habe ich heute auch so nebenbei beeinflussen können. Damit habe ich die erste feste Kandidatin für meine *Weiberwirtschaft*."

„Du weißt, dass dieser Name einfach super ist", lachte Jessica. „Damit musst du so schnell wie möglich ins Internet und an die Presse." Kati krauste sorgenvoll die Stirn. Noch ein Problem, das sie gar nicht richtig bedacht hatte.

„Die Presse, vor allem die lokale, ist kein Problem. Die informiere ich, wenn ich mindestens 5 Verträge abgeschlossen habe und konkret weiß, was dort angeboten wird. Aber Internet? Das hat immer Sandy gemacht, ich habe Null Ahnung davon."

„Ich leider auch", kicherte Jessica. „Was wären wir bei diesen Sachen ohne unsere Kinder? Aber hattest du nicht letztes Jahr eine Patientin, die Web-Master oder Mediendesignerin war? Die bei dem schweren Busunglück dabei war, erinnerst du dich?"

„Das wäre eine Möglichkeit." Kati hatte sofort nach ihrem Block gegriffen und sich eine Notiz gemacht. „Wenn das nicht klappt, muss ich mir eine Firma suchen, aber jemand, den ich kenne, wäre immer die bessere Option. Danke für den Tipp, den behalte ich im Hinterkopf."

Für den Rest des Abends versuchte sie sich auf ihr Buch zu konzentrieren, aber ihre Gedanken schweiften immer wieder ab.

Ständig fiel ihr etwas Neues ein, was sie machen müsste oder machen könnte. Diszipliniert notierte sie alle Ideen, die nur so auf sie einstürmten, sehr gewissenhaft. Sortieren und Einordnen würde sie das alles später.

Am nächsten Vormittag machte sie die erste Besichtigung mit Natalie in den Räumen, die sich für einen Salon eignen würden. Die Frisörin, die heute mit kupferroten Haaren zu ihren smaragdgrünen Augen glänzte, war sehr aufgeregt und konnte sich kaum entscheiden. Obwohl sie von der Anlage begeistert war, stand sie auch vor dem letzten Objekt unschlüssig.

„Ich weiß wirklich nicht, wie ich hier einen Salon einrichten soll."
Kati, die die Anspannung verstand, wandte ein. „Natürlich ist das schwer, sich hier etwas vorzustellen, wenn die Räume leer sind, da musst du dein Kopfkino einschalten."

Etwas gereizt drehte sich Natalie zu ihr. „Mein Kopfkino ist völlig in Ordnung. Eigentlich hätte es einen Oscar dafür verdient, was ich mir schon alles ausgemalt habe. Aber das wäre mein erster Salon und es gibt nichts Vergleichbares. Ich weiß, was mir vorschwebt, aber nicht, wie ich es umsetzen könnte."

Kati nickte und hatte plötzlich die rettende Idee, Diana anzurufen. Die kam sofort und teilte so nebenbei mit, dass das Büro fertig sei. „Ich habe deine Möbel ein wenig umgestellt, ich hoffe es gefällt dir." Kati lächelte ihr zu. „Danke, aber hier habe ich einen schwereren Fall. Natalie würde gerne einen Frisörsalon einrichten. Ich dachte, diese Räume würden sich gut eignen. Was meinst du, als Fachfrau?"

Nach 15 Minuten und einigen schnell gezeichneten Plänen war Natalie überzeugt und glücklich und Kati höchst zufrieden mit dem zweiten Zugang in der *Weiberwirtschaft*.

Sie lud beide zum Kaffee ein, aber Diana hatte schon eine andere Verabredung. Nach längeren Diskussionen, in denen sich Natalie trotz aller Begeisterung als zähe Verhandlungspartnerin erwies, wurde der Vertrag doch unterzeichnet und mit dem Wasser aus dem Glücksbrunnen besiegelt. Da Kati nicht genau wusste, ob das Wasser wieder versiegen würde, wenn sie darüber sprach, deutete sie die Wirkung nur sehr vorsichtig an.

4. Kapitel,

in dem die *Weiberwirtschaft* schon in der ersten Woche gewaltig
wächst

Zur gleichen Zeit, als Kati ihren 2. Mietvertrag abschloss, knallte
nur einige Kilometer entfernt, Maja Bürger ihre Bürotür schwung-
voll zu und stellte lautstark einen Karton auf ihren Schreibtisch.
„Und du willst wirklich gehen?"
Maja hörte die ungläubige Frage ihrer Kollegin und besten Freundin Judith wohl, aber sie war zu wütend, um zu antworten.
Also strich sie nur ungeduldig ihre kastanienbraunen Locken zurück und packte immer noch empört die Sachen zusammen, die den
Schreibtisch bisher zu ihrem Schreibtisch gemacht hatten. Das Foto
ihres verstorbenen Mannes, die kleine Grünlilie für bessere Luft,
die XXL-Kaffeetasse, ohne die sie morgens nicht ansprechbar war
und einige Schreibsachen. Mehr war es nicht und mehr würde nicht
von den 6 Jahren bleiben, die sie hier nach der Fachschule gearbeitet hatte.
Judith hockte betrübt auf der Schreibtischkante. „Ich dachte, du
überlegst es dir nochmal." Maja schüttelte energisch den Kopf.
„Nicht unter den Bedingungen und nicht mit diesem Vollpfosten
von einem Chef. Ich hatte ihn eindringlich gewarnt, mir erschienen
diese Schlick-Leute nicht seriös zu sein. Der alte Direktor hätte auf
solche Einwände geachtet, aber Herr Neumair doch nicht. *Sie mit*

ihren Unkenrufen, die Firma ist top.

Und was haben wir jetzt: Wir haben geliefert und die bezahlen nicht, weil sie insolvent sind. Und weißt du, wer jetzt Schuld an dem Schlamassel sein soll? Ich natürlich! Ich hätte Herrn Neumair mehr Informationen zuarbeiten sollen. Jetzt reicht´s und deshalb gehe ich."

„Und weißt du schon, was du machen wirst?" Judith sah sie neugierig an, während sie an ihrer Fransenfrisur zupfte, die seit kurzem leuchtendrot war und sie mit ihrer Stupsnase auch ohne Zöpfe ein wenig wie Pippi Langstrumpf aussehen ließ.

Maja hob unentschlossen die Schultern und seufzte. „Keine Ahnung. Ich muss mich erstmal neu sortieren und dann bewerbe ich mich bei ähnlichen Firmen."

Die gertenschlanke Judith sprang mit einem eleganten Sprung vom Schreibtisch. „Wenn das nichts wird, warum machst du nicht eine Partner-Vermittlung auf. Du weißt doch immer, wer gut zusammen passt. Iris aus der Verwaltung hast du doch auch vermittelt und die zwei sind sehr glücklich."

„Auf keinen Fall, ich werde nicht die Kuppel-Mutter der Nation", wehrte Maja ab. „Das machen die Leute heute übers Internet, da hätte ich sowieso keine Chance. Eher würde ich einen kleinen Buchladen aufmachen, immerhin bin ich in einem fast aufgewachsen, weil meine Mutter früher dort gearbeitet hat. Da gibt es zwar auch viel Konkurrenz durch das Internet, aber wenn man sich auf einen bestimmten Kundenkreis spezialisiert, könnte das immer noch klappen."

„Ohne dich macht das hier keinen Spaß mehr." Judith war zwar zu ihrem Platz zurückgekehrt, aber nur, um auch ihre Sachen zu räumen. „Wenn du nicht hier gewesen wärst, wäre ich schon viel früher gegangen. Und jetzt mache ich das auch. Meine Oma Freya, die so prima backen kann, hat von einem neuen Projekt gehört, wo wir gemeinsam eine kleine Backstube eröffnen können. Das wird toll werden! Sein eigener Chef zu sein, keine blöden Kommentare von Herrn Neumair oder Nachfolgern." „Aber du weißt auch, dass Selbständige halbtags arbeiten?" „Was, wieso?" Judiths Gesicht war eine einzige Frage. „Das hat meine Mutter immer gesagt", grinste Maja. „Der Tag hat 24 Stunden und die Hälfte davon arbeiten Selbständige." „Aber dann ist es für mich und mir macht Backen Spaß. Komm doch einfach mit, wir sind zu 17.00 Uhr verabredet. Vielleicht suchen sie ja auch etwas, was dich interessiert. Auf jeden Fall ist es dort super, zumindest auf den Fotos." Obwohl Maja noch gar nicht bereit für neue Entscheidungen war, betrachtete sie die Fotos doch sehr interessiert, die ihr Judith auf ihrem Handy zeigte.

„Und das ist wirklich hier? Das sieht aus wie in der Toskana, da war ich mal." „Ja, es ist hier, eigentlich gar nicht so weit. Und es gibt dort eine Straßenbahnhaltestelle, die *Mühlengrund* heißt. Ob es auch eine Mühle gibt, kann ich dir leider nicht sagen."

Maja nahm ihren Karton und öffnete die Tür.

„Schick mir die Adresse auf mein Handy. Ich werde da sein."

Dann eilte sie nach unten, um sich ein Taxi zu rufen.

Wie immer, wenn ihre Kollegin so rücksichtsvoll überging, dass Maja sich seit dem Unfall, bei dem ihr Mann getötet wurde, nie wieder hinters Steuer gesetzt hatte, fühlte sie noch einen Kloß im Hals. Es war schon mehr als drei Jahre her und er fehlte ihr immer noch. Wenn der andere Fahrer nicht betrunken gewesen wäre… Stopp! Maja unterbrach ihre Gedanken. Ich muss damit aufhören! Ich muss… Nein! Ich darf jetzt eine Riesenportion Schokoladeneis essen und mich auf eine Zukunft freuen, in der mir keiner ungerechtfertigte Vorwürfe macht.

Kati war von den Veränderungen in ihrem Büro regelrecht entzückt. Es sah jetzt nicht nur besser aus, Diana hatte auch, vermutlich mit Wendys Hilfe aus Polsterbänken eine kleine Sitzecke gestaltet, an die Kati, die an Zwei-Personen-Gespräche gewöhnt war, gar nicht gedacht hätte.

Nachdem sie enttäuscht feststellen musste, dass die IT-Expertin nicht mehr unter ihrer früheren Nummer erreichbar war, suchte sie nach Alternativen.

Es wäre einfach zu schön gewesen, wenn es so rasant weiter gegangen wäre. Falls etwas nicht gleich klappt, ist das immer noch besser, als ein geplatztes Leitungsrohr oder ein Glücksbrunnen, der versiegt ist. Das brachte sie wieder zum Lachen.

Vielleicht sollte ich jeden Tag von diesem Wasser trinken, überlegte sie, es würde mich offener machen für alles, was danach geschieht. Vielleicht sollten alle, mit diesem Glückswasser begrüßt werden? Ein interessanter Gedanke, den sie mit Wendy diskutieren sollte.

Als sie im Internet das überwältigende Angebot an Firmen sah, die Web-Sites einrichteten und pflegten, stöhnte sie auf. Das würde schwer werden, hier die Spreu vom Weizen zu trennen.

Vielleicht sollte ich darüber mit dem netten Leander sprechen.

Auf diesem Gebiet kann ich wirklich jede Hilfe gut gebrauchen.

Das Gespräch am Nachmittag baute sie wieder auf.

Judith, die von ihrer Oma Freya und einer Freundin begleitet wurde, schien ihr auch eine passende Ergänzung für den *Mühlengrund*, und Freya sowieso. Beide waren schon von der Bezeichnung *Weiberwirtschaft* begeistert und von der Backstube sowieso.

Sie schwirrten von einer Seite zur anderen und riefen sich ihre Bemerkungen zu. „Die Kapazität der Stromleitungen ist super und die Öfen, Extraklasse! Und auch das Abluftproblem ist bedacht worden. Super!" Judith drehte sich erfreut um sich selbst, um alles genau aufzunehmen, während Freya bereits den Vertrag durchlas.

„Judith, wenn du das nicht unterschreibst, suche ich mir eine andere Partnerin. Das sind echt tolle Bedingungen, so etwas gibt es höchst selten."

„Der General hat gesprochen", flüsterte Judith Maja zu und grinste.

„Das machen wir anschließend, Oma, wenn wir geklärt haben, wieso diese Wand noch offen ist. Wie soll ich denn hier den Laden
abschließen?"

Sie zeigte auf die halbe Wand, die sich links vom Eingang befand,
offensichtlich war das ein Übergang zu dem Ladenlokal, das sich
neben der künftigen Backstube befand.

Kati überprüfte ihre Unterlagen und lächelte. „Wenn es notwendig
sein sollte, würden wir das noch schließen. Eigentlich war der Platz
geplant für ein kleines Café, das die Backstube und die angrenzen-
de Buchhandlung verbinden sollte. Deswegen auch die Toilette, die
man vom Café aus benutzen kann. Die Idee dafür war, dass jeder
der Lust dazu hat, es sich mit seinem gerade erworbenen Buch in
einem Sessel bequem machen und bei euch einen Kaffee trinken
kann. Und ihr hättet, schon durch den Duft, zusätzliche Kundschaft
für eure Leckereien."

Judith schaute Maja an und griente. „Wenn das nicht Schicksal ist,
dann weiß ich nicht." Und an die anderen gewandt, erklärte sie mit
Blick auf ihre Freundin. „Noch heute früh hat sie mir gesagt, sie
würde eine kleine Buchhandlung in Betracht ziehen. Und das Uni-
versum liefert sofort, da ist sie!"

Maja lächelte und winkte noch vorsichtig ab, obwohl sie das übli-
che starke Gefühl bereits verspürte, das ihr sonst signalisierte, dass

etwas genauso gut passen würde. „Das stimmt schon, aber ich brauche doch erst mal Informationen darüber."

Kati freute sich über den möglichen Zuwachs, konnte aber die Bedenken gut verstehen. „Am besten ihr kommt alle mit in mein Büro. Ich gebe einen Kaffee aus, der bestimmt nicht so gut ist, wie deiner, Freya. Dann suche ich die Unterlagen für diesen Bereich und ihr könnt euch das in aller Ruhe überlegen."

Als sie gemeinsam nach oben gingen, erinnerte sich Kati dankbar an Dianas Voraussicht, genügend Sitzplätze einzurichten. Eigentlich hatte sie sowieso schon geplant, deren Hilfe zu empfehlen, aber die anderen waren dann so begeistert von ihrem Büro, dass sie Dianas Karte schnell kopierte.

Am Abend, als sie kurz bei Wendy vorbeischauen wollte, war die Praxis leer, allerdings hörte sie Geräusche aus dem Keller. Kati ging vorsichtig nach unten und traf auf eine höchst zufrieden aussehende Wendy, die sich gerade die Hände wusch und stolz die Veränderungen im Raum präsentierte.

„Ich war heute Nachmittag beim Stiftungsrat wegen notwendiger Unterschriften. Die waren gerade dabei Möbel auszuräumen, um sich zu verkleinern und haben mir diese Schätzchen gerne überlassen. Ich habe kurzerhand einen Kleinlaster gemietet und jetzt haben wir eine Einrichtung für den Glücksbrunnen-Keller."

Kati musterte neugierig den wuchtigen, runden Holztisch aus dunkel gebeizter Kiefer und die stabilen Stühle aus dem gleichen Material.

„Das passt super zum Charakter des Raums, wenn da noch ein paar bequeme Stuhlkissen dazu kämen, wäre das perfekt. Ich kümmere mich gleich morgen darum, bei mir an der Ecke gibt es genau den richtigen Laden."

Bevor sie ging, nutzte sie noch die Gelegenheit, das glückbringende Wasser zu trinken, als ihr der Staub auffiel.

„Wahrscheinlich brauchen wir nicht nur Sitzkissen, sondern auch eine Reinigungskraft. Da könnte ich morgen auch gleich zum Job Center gehen oder wolltest du selber saubermachen?"

Wendy winkte nur lächelnd ab. „Ich kann nur immer wieder sagen, wie gut, dass ich dich gefunden habe! An so etwas hätte ich nicht gedacht."

Auch der Einkauf im Kurzwarenladen, aus dem Kati viele Materialien bezogen hatte, um mit und für Sandy zu basteln, schien ihre Einschätzung zu bestätigen: Alles veränderte sich!

Erstaunt betrachtete sie die halbleeren Regale, fand aber nach kurzem Suchen doch noch passende, dicke, moosgrüne Stuhlkissen und Hussen für die Lehnen.

Frau Berger, die Kati schon ewig kannte, half ihr die Kissen zu verpacken, bis die Kundin vor ihr den Laden verlassen hatte.

„Was ist denn bei Ihnen los? Ziehen Sie etwa auch weg?"

Flora Berger seufzte und strich sich über die Stirn.

„Frau Kurtz, die Besitzerin, ist schwer gestürzt und liegt in der Klinik, Beckenbruch, das dauert wahrscheinlich noch sehr lange. Und ausgerechnet jetzt kündigt uns der Besitzer." „Wahrscheinlich ist das der gleiche, wie beim Frisör nebenan. Und was werden Sie jetzt machen? Suchen Sie einen neuen Laden?"

Kati sah schon wieder Silberstreifen am Horizont. Kurzwaren wären eine tolle Ergänzung für den *Mühlengrund.*

Frau Berger sah sich im Laden um, als ob sie das alles nicht glauben könnte. „Frau Kurtz hat mir alle Vollmachten gegeben, aber wie soll ich denn ein neues Geschäft finden? Ich bin doch hier alleine. Jeden Freitag schließe ich den Laden bis Mittag, damit ich zu Frau Kurtz in die Klinik kann und meist suche ich dann auch, aber bis jetzt war nichts dabei oder zu teuer. Mit Kurzwaren macht man nun mal keine Millionen."

„Aber sie sind notwendig", betonte Kati. „Wegen einer Nähnadel oder Heftgarn sucht keiner im Internet. Also hätten Sie doch gute Chancen…" „Nur leider kein neues Geschäft", unterbrach sie Frau Berger. Jetzt lächelte Kati. „Vielleicht doch! Wenn Ihnen diese Gegend zusagt?" Und wieder schienen die Fotos vom *Mühlengrund* und seinen kleinen Läden einen besonderen Zauber zu wirken.

Flora Berger klatschte begeistert in die Hände.

„Das wäre super. Und nicht einmal so weit von meinem Zuhause entfernt. Was muss ich jetzt machen?" „Am Besten kommen Sie nachdem Sie Frau Kurtz besucht haben, bei mir vorbei und wir besprechen alles."

Nachdem Kati noch einige Fotos ausgetauscht und ihre Kissen und Überzüge bezahlt hatte, erschienen ihr die Pakete doch etwas zu sperrig. „Könnten Sie das Ganze auch liefern?"

Frau Berger nickte lächelnd, das Anliegen schien öfter vorzukommen. „Natürlich, wenn heute Nachmittag nicht zu spät ist. Meine Kuriere gehen alle noch zur Schule, aber danach übernehmen sie das."

Höchst zufrieden mit sich fuhr Kati zum Job Center, um Reinigungskräfte zu finden. Womit sie nicht gerechnet hatte, war die lange Schlange von Wartenden, die sich vor dem Schalter gebildet hatte. Das würde wohl nichts werden! Vermutlich müsste sie sich erst einen Termin geben lassen, obwohl sie doch einstellen wollte. Enttäuscht drehte sie sich wieder zur Tür und sah dabei ein bekanntes Gesicht. War das nicht Frau Krause, die sie gesucht hatte? Das Gesicht stimmte, nur der Rest nicht!

Die zurückhaltende, schüchterne Programmiererin hatte sich in einen Heavy-Metal-Fan verwandelt oder war das Gothic? Rabenschwarze, fransig geschnittene Haare über einem blassen Gesicht mit dunkel umrandeten Augen und einem Ring in der Nase. Gepiercte Ohren, Metallarmbänder um beide Arme und Springerstiefel vollendeten das Outfit, das sonst mit einem schwarzen Pulli und einem schwarz-rot karierten Mini-Faltenrock noch ganz brav daher kam. Kati war total überrascht. „Frau Krause, was machen Sie denn hier?" „Was wohl, ich melde mich arbeitssuchend. Ich wurde gekündigt, weil ich mit der operierten Hand nicht mehr schnell genug bin." Irgendwie klang auch der Tonfall anders als früher, deutlich aggressiver. Kati überlegte nicht lange und zog sie aus der Reihe. „Wenn Sie keinen Termin haben, dann gehen wir beide jetzt einen Kaffee trinken, ich habe einen Vorschlag für Sie."

Nach einer halben Stunde und zwei großen Cappuccinos im Café nebenan, waren sich beide einig. Felicitas Krause würde schon am nächsten Tag als Assistentin beginnen, die Website und die geplante Verkaufsplattform für die *Weiberwirtschaft* und auch die von Kati bisher kaum beachtete Buchführung übernehmen.

Als ihr Kati die Anlage auf ihrem Handy zeigte und die Adresse nannte, grinste die IT-Frau. „Echt jetzt? Das ist doch bei mir um die Ecke. Dann habt ihr die Luxusläden, über die sich die Anwohner so aufregen?"

Kati wurde nachdenklich, wahrscheinlich hätte sie doch früher mit der Presse reden sollen. Solche Gerüchte waren nicht zu unterschätzen. „Danke für den Tipp, ich kümmere mich darum. Und über alles andere sind wir uns einig. Wir sehen uns morgen früh. Willkommen an Bord! Übrigens, wir duzen uns dort alle, ich bin Kati und du…" „Feli reicht", wurde sie sehr schnell von ihrer neuen Assistentin unterbrochen. Im Hinausgehen fiel Kati noch etwas ein. „Eigentlich wollte ich mich beim Job Center um Reinigungs-

kräfte kümmern." Feli drehte sich sofort um. „Was braucht ihr
denn? Wenn Stundenkräfte für den Abend ausreichen, kenne ich
zwei alleinerziehende Mütter, die sich freuen würden wie Bolle,
wenn sie was dazu verdienen könnten." „Super, du machst dich
schon hervorragend als Assistentin. Sie sollen mich anrufen, du
hast ja meine Nummer."

Erst als sie wieder in der Bahn saß, wurde ihr bewusst, dass sie so
ganz nebenbei wieder drei große Probleme gelöst hatte. Wenn das
so weiter geht, schmunzelte sie innerlich, dann wird die *Weiber-*
wirtschaft garantiert ein Erfolg.

Am Nachmittag, als sie auf dem Weg zu Wendy war, um sie über
die Fortschritte und auch das Problem mit den Anwohnern zu informieren, sah sie einen schlaksigen Jungen mit Fahrrad, der den
Drachen auf dem Mühlenrad interessiert betrachtete.

Auf seinem Gepäckträger lagen gut verpackt ihre grünen Stuhlkissen in einer speziellen Korbvorrichtung. Er strich sich über seine
kastanienbraunen Locken und sah sich suchend um.

Als ein Mädchen mit braunem Pferdeschwanz, ebenfalls auf dem
Fahrrad um die Ecke bog, grinste er spitzbübisch. „Ich bin Sieger!"

Das Mädchen stieg vom Rad und hob einen Hund aus dem Korb
über dem Vorderrad. Kati ging neugierig auf sie zu. „Wie schön!
Ihr seid die Fahrradkuriere von Frau Berger?"

„Eigentlich bin nur ich der Kurier", klärte sie der Junge auf.

„Fritzi hat mir geholfen, weil Ihre Kissen so dick sind." „Und sie ist vermutlich deine Schwester?" Er grinste und nickte.

„Ja, meine gepatchte."

Kati, die von Sandy schon an einige sprachliche Besonderheiten bei Jugendlichen gewöhnt war, sah ihn fragend an. „Sie ist was?" Jetzt lachte auch das Mädchen. „Mein Dad und seine Mutter haben geheiratet, deshalb sind wir eine Patchwork-Familie. Sporty muss immer übertreiben." Kati lachte und nahm den ersten Packen vom Rad. „Ihr habt wahrscheinlich Durst und der Hund auch. Kommt mit, ihr könnt die Räder im Durchgang stehen lassen, wir bringen die Kissen gleich rein."

Im Keller nahm sie Gläser aus dem Regal, das Wendy angebracht hatte und eine kleine Schale und füllte sie am Brunnen auf. „Das ist etwas ganz Besonderes, Wasser aus unserem Glücksbrunnen."

Beide sahen sie ungläubig an, tranken aber die ersten Schlucke. Dann schaute das Mädchen zu ihrem Hund, der das Wasser vorsichtig gekostet hatte und dann wie bestätigend bellte.

„Ich glaube, das stimmt wirklich. Perla ist schlau, die weiß so etwas", sagte sie zu dem Jungen gewandt. Auch der nickte und trank sofort sein Glas leer. Nachdem Kati alle Stühle mit Kissen und Hussen versehen hatte, setzte sie sich zu den Kindern.

„Wie bist du eigentlich Fahrradkurier bei Frau Berger geworden?"

„Ich bin Kurier bei vielen, nicht nur bei Frau Berger", antwortete Sporty selbstbewusst. „Da kann ich gleichzeitig trainieren, weil ich Rennfahrer werden will und mir außerdem noch extra was verdienen. Wir sind doch im *Club der kleinen Millionäre* zusammen mit den Zwillingen von Frau Berger. Fritzi gehört jetzt auch dazu."

Kati war erstaunt. Hatte sie jemals etwas anderes von Müttern gehört, als dass ihre Kinder ständig neue Wünsche hatten und mehr Taschengeld erwarteten? Hatte je eine erzählt, dass ihr Kind selbst verdienen würde?

„Wie seid ihr denn auf diese Idee gekommen?" Sporty grinste.

„Das ist eine lange Geschichte, eigentlich brauchten wir alle Geld für irgendetwas und wären gerne reich gewesen. Aber Betty, die Tochter von Frau Berger, hat uns überzeugt, wenn wir reich werden wollen, müssen wir selbst dafür sorgen. Und dazu gehört, zu sparen und auch selbst zu verdienen."

„Wir sparen regelmäßig von unserem Taschengeld und haben auch kleine Jobs", setzte seine Schwester fort. „Das Geld legen wir dann an, damit es von alleine wachsen kann." Nachdem sie sich vorher etwas befangen in dem Kellergewölbe umgesehen hatten, antworteten die Kinder jetzt richtig begeistert auf Katis Fragen.

„Und manchmal verdienen wir auch Geld, wenn wir helfen Verbrecher zu fangen." Der Junge ist zwar sehr nett, dachte Kati, aber doch ein kleiner Angeber. „Jetzt übertreibst du aber."

„Nein, nein", beteuerten beide vehement. „Wir haben eine Bande von Einbrechern gestellt und dafür eine Prämie bekommen, da war Fritzi noch nicht dabei." Die nickte und setzte fort. „Aber als wir den Hundehasser gefunden haben, hätten wir es ohne Perla nicht geschafft. Und die ist mein Wunderhund." Jetzt fiel Kati wieder ein, was ihr Emilia erzählt hatte.

„Ihr wart das? Gemeinsam mit den Krimifrauen vom alten Bahnhof?" Und als beide heftig nickten, lachte sie. „Dann glaube ich euch alles. Ich kenne Emilia, sie hat mir davon erzählt. Aber wieso ist deine Perla ein Wunderhund?" Das Mädchen streichelte stolz über den schmalen Kopf des Hundes. „Sie ist wie ein Wunder zu mir gekommen, als ich sie ganz dringend brauchte und einmal hat sie mich gerettet, als ich in einen Schacht gestürzt war. Sie kann einfach Sachen, die sonst keiner kann." „Aber jetzt müssen wir weiter", drängte Sporty zur Eile. „Wir haben noch einen Auftrag."

Kati war immer noch schwer beeindruckt vom Eifer und der Zielstrebigkeit der Kinder, auch als die sich schon längst mit einem großzügigen Honorar wieder auf den Weg gemacht hatten. Sollte sie wieder Kurierdienste benötigen, hatte sie für alle Fälle die Telefonnummern notiert. Wendy, der sie im Brunnenraum davon erzählte, schaute sie eher ungläubig an, fand die Kissen aber sehr gemütlich. Gerade als Kati ihr begeistert ihre neuesten Fortschritte bei der Vermietung berichtete, hielt sie Wendy zurück. „Irgendetwas stimmt nicht. Ich habe das Gefühl, jemand wäre hier gewesen. Der Tisch stand weiter rechts. Hier gibt es doch nichts zu stehlen!" Kati überlegte fieberhaft. „Hat mein Vorgänger eigentlich noch Schlüssel?" Als Wendy leicht betreten nickte, beschloss sie sofort am nächsten Tag alles auszutauschen.

Im gleichen Moment rief Diana an der Kellertür nach ihr und kam dann nach unten. „Wow, was für ein toller Raum, so inspirierend, fast feierlich. Nur der Tisch müsste auf die andere Seite." Ohne weitere Nachfragen fasste Kati mit an und staunte dann gemeinsam mit Wendy, um wie viel besser es jetzt aussah. Wieso war ihr das nicht eingefallen? Diana hatte wirklich ein Händchen für solche Sachen. „Eindrucksvoller hätte ich dir Diana nicht vorstellen kön-nen", erklärte sie Wendy. „Sie ist wirklich begnadet bei allem, was mit Einrichten zu tun hat. Und wird das sicher auch für einige Lä-den übernehmen oder?" „Deswegen komme ich doch", lachte Dia-na. „Ich wollte dir für die Vermittlung danken. Den Frisör-Salon habe ich schon entworfen. Sobald ihn Natalie abgesegnet hat, legen die Leute meines Mannes los. Und von Judith habe ich auch schon einen Auftrag." In Gedanken hakte Kati ihre zukünftigen Mieter ab. „Fehlt noch Maja für die Buchhandlung." „Nicht mehr", strahl-te Diana. „Die werde ich auch übernehmen. Sie ruft dich aber we-gen des Vertrages noch an." „Das muss an unserem Brunnen lie-gen, dass es jetzt so blitzartig vorwärts geht. Darauf sollten wir trinken."

Wendy hatte frische Gläser mit dem glückbringenden Wasser ge-füllt und erklärte Diana den Zusammenhang. Die lachte nur.

„Eigentlich brauche ich den Glücksbrunnen nicht, ich bin auch so schon happy. Und das in der kurzen Zeit, seit ich auf deinem Stuhl gesessen und dir von meinen Problemen erzählt habe. Ich habe echt viel zu tun, aber ich bin zum ersten Mal seit langem wirklich glücklich." Kati umarmte sie erfreut. „Dann mach dir auch schon mal Gedanken um Kurzwaren, die kommen demnächst auch."

Noch auf dem Heimweg freute sie sich an dem Erreichten und schüttelte auch ein wenig den Kopf, über Dianas Bemerkung zum Stuhl. Der hatte doch keine geheimnisvollen Kräfte! Oder doch? Schließlich hatte sie ihn ja mit dem Wasser aus dem Glücksbrunnen abgewaschen. Könnte das Wasser auch noch andere Wirkungen erzeugen? Aber darüber würde sie sich später Gedanken machen. Heute Abend würde sie endlich wieder mit Sandy Skypen können und erfahren, wie es ihrem Baby ging. Die war zwar überrascht, wie locker ihre Mutter den Wechsel in einen völlig anderen Bereich geschafft hatte, kam aber schnell wieder zu ihrer eigenen Begeisterung über das Studium am berühmten MIT zurück. Dort lief alles hervorragend und anscheinend gab es da auch einen besonders netten Studenten aus Maryland, dessen Name Sandy immer ganz besonders strahlen ließ. Hoffentlich wird sie nicht enttäuscht, war Katis erster Gedanke. Dann erinnerte sie sich an ihre Teenagerzeit und wusste, da muss ich jetzt durch. Sandy wird ihre eigenen Erfahrungen machen, aber wenn sie mich braucht bin ich da. Es wäre natürlich viel leichter, wenn ich bei ihr sein könnte, seufzte sie noch, ehe sie sich in ihr bequemes Bett zurückzog.

5. Kapitel,

in dem der *Weiberwirtschaft* Gefahr droht und ausgerechnet eine Ratte auf die richtige Spur führt

Am nächsten Morgen begrüßte Kati ihre neue Assistentin Feli und half ihr gemeinsam mit Diana, ein Zimmer einzurichten.

„Was du an Technik brauchst, solltest du notieren. Ich rede dann mit Wendy."

Feli nickte nur und zeigte auf ihren mitgebrachten Laptop.

„Der genügt fürs erste, ich habe ihn ordentlich aufgerüstet. Alles andere für die Plattform könnte ich auch preiswert besorgen. Für die Website oder die erste Ankündigung brauchte ich einige Fotos und Kontakt zu den Mieterinnen. Mit Diana habe ich mich schon verabredet."

Kati nickte, Feli schien wirklich zu wissen, was nötig war.

„Wir machen am besten gleich einen Rundgang durch die Anlage. Erste Station ist unser Glücksbrunnen, der ist für die Außenwelt *top secret*, aber für dich wichtig."

Nachdem sie gekostet hatte, war auch Feli ganz begeistert von dem Wasser, wurde dann etwas nachdenklicher und schaute Kati betreten an. „Ich wurde wirklich wegen meiner Hand gekündigt, aber da gab es noch mehr. Ich hatte es mit den Schmerzmitteln übertrieben und bin unzuverlässig geworden. Inzwischen bin ich aber wieder clean."

Immer noch verwundert über ihre eigenen Worte, schaute sie Kati irritiert an. „Das habe ich noch keinem erzählt, jetzt bin ich richtig erleichtert."

„Das hat unser Wasser so an sich", lächelte Kati, „es bringt das Beste in uns zum Vorschein und macht glücklich."

Und vielleicht bringt es auch die Wahrheit ans Licht, dachte sie noch still für sich. „Ich muss dir auch etwas sagen und verstehe mich bitte nicht falsch. Du kannst dich hier kleiden, wie du möchtest, aber ich wünschte, du würdest in deinem eigenen Interesse den Nasenring ablegen."

Feli sah nach unten, so dass Kati keine Reaktion erkennen konnte, also setzte sie fort. „Früher hat man mit solchen Ringen junge Bullen gezähmt. Bei jedem Widerstand hat man gezogen und sie Schmerzen leiden lassen. Man hat sie wortwörtlich an der Nase herumgeführt. Ich finde, Frauen müssen nicht gezähmt werden, sondern sollten frei entscheiden können."

Feli sah sie mit großen Augen überrascht an. „So habe ich das noch nie gesehen, aber du hast recht. Weg damit!"

Nach dem Rundgang begannen sie noch, Informationen zu den einzelnen Geschäften aufzulisten und Kati wurde wieder einmal schmerzlich bewusst, wie viele Mieter immer noch fehlten.

„Machen wir eine Eröffnung, wenn die meisten Räume belegt sind?" Felis Frage brachte sie wieder ins aktuelle Geschehen zurück. „Das ist eine super Idee. Dazu müsste ich aber wissen, wann die Umbauten abgeschlossen sind. Darum kümmere ich mich gleich heute Nachmittag."

„Ich muss dir noch etwas zeigen." Feli scrollte suchend eine Internetseite herunter. „Ich habe gestern ein wenig gesurft, na ja, schließlich ist es ja eine große Chance für mich, ich möchte einfach nichts übersehen. Und da gibt es einige böse Gerüchte im Netz, ein Shitstorm ist es noch nicht, aber man muss es ernst nehmen."

Kati schaute besorgt auf die Äußerungen, die Luxussanierungen zu Lasten der Anwohner erwähnten.

„Das gibt es auf einigen Seiten, aber vermutlich vom gleichen Urheber. Siehst du, er schreibt Sanierung jedes Mal falsch."

Kati stöhnte. „Das ist doch alles anonym! Was sollen wir denn dagegen machen? Ich hasse es, wenn sich solche Idioten hinter einem Pseudonym verstecken können."

„Dass du auch Klartext reden kannst, freut mich. Wir setzen einfach eine tolle Ankündigung dagegen. Material habe ich ausreichend. Morgen bekommst du einen Entwurf."

Zurück in ihrem Zimmer haderte Kati immer noch mit dem Problem. Wenn jemand mit offenem Visier kämpft, könnte ich reagieren, aber so? Viel Zeit um sich weitere Sorgen zu machen blieb ihr nicht. Am späten Nachmittag schallten ihr Sprechchöre von draußen entgegen. Entgeistert starrte sie aus dem Fenster und stöhnte: „Und heute früh dachte ich noch, was für ein wunderschöner Tag!"

Vor dem Brunnen hatte sich eine kleine Gruppe aufgebaut, die Schilder hochhielt und skandierte: „Weg mit dem Luxus!" und „Wir sind das Volk!".

Vorne standen drei ältere Männer, die die Gruppe offensichtlich organisierten und anführten. Kati rannte ins Nebenzimmer.

„Feli, wir haben ein Problem!" Sie schob ihr einen Geldschein in die Hand. „Du kennst dich hier besser aus als ich. Du musst mir schnell ein paar Flaschen Bier besorgen, ganz normales. Und bringe es bitte gleich in den Keller."

Dann zog sie die Jacke ihres hellgrünen Kostüms über, schnappte sich ihr Klemmbrett mit den aktuellen Listen und lief nach unten.

Noch auf der Treppe beruhigte sie sich innerlich. Bleib ganz ruhig, du hast schon viel schwierigere Klienten gehabt!

Dann ging sie äußerlich völlig gelassen auf die Gruppe zu und strahlte die Anführer an.

„Hallo, ich bin Katharina Geißler, die Geschäftsführerin und ich muss Ihnen sagen, Sie haben völlig recht! Wir wollen hier auch keinen Luxus, sondern guten Service für ganz normale Menschen und zu erschwinglichen Preisen. Wir wollen Leistungen anbieten, die auch gebraucht werden."

Die Männer sahen sich verdutzt an, die hinteren Reihen wurden schon dünner. Kati zeigte auf die einzelnen Standorte. „Hier entsteht eine Physiotherapie-Praxis, in diesem Trakt wird es 5 Arztpraxen mit Fachärzten geben. Dort entstehen ein Frisör-Salon, eine

Backstube mit Café, eine kleine Buchhandlung und ein Kurzwarenladen. In den Etagen darüber wird es weitere Dienstleister geben.
Wenn Sie bisher etwas Wichtiges vermissen, können Sie mir das
gerne sagen."

Die Männer sahen sich verlegen an, bis einer ansetzte.

„Aber dieser Jungspund hat doch gesagt…" „Das ist höchst interessant", unterbrach ihn Kati, „darüber sollten Sie mir mehr erzählen.
Aber kommen Sie doch bitte herein, wir haben ein nettes Plätzchen
im kühlen Keller."

Nachdem die drei feststellten, dass sich ihre Anhänger verzogen
hatten, folgten sie ihr in den Kellerraum mit dem Brunnen.

Kati füllte drei Gläser und bot sie den Männern an, auch um zu
sehen, ob das wirklich so etwas wie ein Wahrheitsserum sein könnte. „Trinken Sie doch erst einmal einen Schluck, der Protest muss
Sie doch durstig gemacht haben."

Die Männer schluckten zwar brav das Wasser, wirkten aber immer
noch wenig gesprächsbereit. Kati lächelte und hob besänftigend die
Hand. „Das war nur für den Übergang. Meine Mitarbeiterin bringt
gleich noch ein paar Flaschen Bier. Da redet es sich doch besser."

Als Feli nach 10 Minuten mit dem Bier kam, kannte Kati nicht nur
die Namen der drei, sondern war auch über ihre Lebenssituation
und die Hintergründe des Protestes informiert.

Kalle, der Elektriker, Hajo, der Klempner und Fietje, der Schreiner,
hatten ihre Arbeitsstellen verloren, weil viele kleine Firmen schlie-

ßen mussten. Und da sie alle schon über 60 waren, hatten sie kaum eine reale Chance, etwas Neues zu finden. Zwei waren geschieden, einer verwitwet und sie fühlten sich offensichtlich nicht nur unverstanden, sondern auch ungerecht behandelt.

Als ihnen dann der ehemalige Geschäftsführer in der Eckkneipe einige Runden Bier spendiert hatte, folgten sie seiner Aufforderung gerne, ein wenig Stimmung gegen die Luxusläden zu machen. Aber jetzt war ihnen das Ganze natürlich peinlich. „Er hat uns gesagt, er wäre nur gekündigt worden, weil er den Luxus nicht mitmachen wollte. Und er hat uns auch gleich die Plakate gegeben, wer konnte denn wissen, dass der so ein fieser Typ ist?"

Hajo sah sie fragend an. Kalle knurrte immer noch empört: „Er hat uns von vorne bis hinten belogen, wie die Politiker auch."

„Nein", widersprach Fietje. „Wir haben uns zum Affen machen lassen, weil es so aussah, als ob er sich wirklich für unsere Probleme interessierte. Wenn wir uns vorher schlau gemacht hätten, wäre das besser gewesen. Ich finde nämlich echt gut, was ihr hier macht. Kleine Geschäfte, wo man noch richtig bedient wird."

„Genau das ist unser Ziel", bestätigte Kati. „Bei uns sollen Kunden gut bedient werden, aber nicht bedient sein."

„Das ist auch wichtig", setzte Hajo nach. „In manchen Geschäften brauchst du nicht nach Verkäufern zu rufen, da hörst du höchstens ein Echo, mehr nicht. Aber unsereins hat sowie nicht genug, um groß einzukaufen."

„Ich suche noch Leute", hakte Kati gleich ein, „aber ich habe keine Vollzeitstellen."

„Um Himmels Willen, bloß das nicht", klärte Kalle sie auf.

„Da würden mir die auf dem Amt den Rest streichen und ich müsste meine Miete alleine bezahlen. Aber ein paar Stunden, wenn was anfällt, soviel wie ich dazu verdienen darf, das wäre schön. So was hat nämlich Seltenheitswert."

Fietje schlug ihm auf die Schulter. „Du sagst es, Alter. Dabei entgeht den Leuten einiges, wir drei können eine Menge, wir hatten eine gute Schule. Wir sind nämlich alle noch von Atlantis."

„Von wo?" Kati glaubte sich verhört zu haben, bis Fietje grinste.

„Wir sind alle noch aus dem untergegangenen Land. Da musste man mehr drauf haben, wenn man klar kommen wollte."

„ Dann passt ihr gut zu uns!" Kati sah zufrieden in die Runde.

„Also, wir sind wir uns einig, ich kann euch als Honorarkräfte einsetzen. Und für eine Werkstatt hätte ich auch schon eine Idee. Kommt mit!"

Nach kurzer Zeit saßen die drei glücklich in dem bisher leerstehenden Kellerraum, in den sie ein altes Ledersofa, zwei Sessel und einen kleinen Tisch getragen hatten. Auch ein Regal hatte noch Platz und für eine Drehbank und einen Werkzeugschrank, würden sie gleich am nächsten Tag im Baumarkt sorgen. „Die Formalitäten erledigen wir morgen, Männer, dann willkommen an Bord!"

Als Kati endlich nach Hause gehen konnte, dachte sie, es ist doch noch ein schöner Tag geworden. Alles fügt sich so leicht, fast zu leicht. Hoffentlich lauert da nicht noch etwas Unheimliches.

Doch der nächste Morgen brachte nur gute Nachrichten.
Feli zeigte ihr die Ankündigung der *Weiberwirtschaft* und ihrer Geschäfte im Mühlengrund, die sie für das Internet vorbereitet hatte und Kati war entzückt.

„Du hast ganz besondere Blickwinkel gewählt, die machen alles so einladend. Und du hast ganz geschickt überspielt, dass wir noch nicht voll eingerichtet sind."
Feli lächelte zufrieden. „Ich hatte mit Wendy gesprochen und sie hat mir die Zunftzeichen gezeigt, die ihr Onkel schon in Auftrag gegeben hatte. Die haben wir dort angebracht, wo wir die Mieterin schon kennen.

Also die Brezel bei Judith, das Buch bei Maja, bei Flora etwas, das wie eine Garnrolle aussieht und bei Natalie auf der anderen Seite Kamm und Schere. Deshalb der einladende Eindruck."
Kati nickte begeistert. „So toll wie es aussieht, wer möchte da nicht einkaufen oder sich verwöhnen lassen? Und dieses Banner mit *Weiberwirtschaft*, das du eingefügt hast, das sollten wir auch in echt anbringen lassen. Wir haben ja jetzt starke Männer für solche Sachen." „Das schaffen wir auch alleine", griente Feli.
„Aber ich habe schon gehört, dass gestern alles gut ausgegangen

ist. Die drei waren schon im Baumarkt und haben sogar einen Gartenschlauch mitgebracht. Schau mal raus."

Vom Fenster aus sah Kati, dass zwei Männer Staub und Bauschutt zur Seite fegten und der dritte den Rasen sprengte und die Blumen goss. „Das war ein kluger Schachzug"; nickte Feli anerkennend.

„Es war mehr als das", lächelte Kati. „Wir brauchen Leute, die uns unterstützen und hier wohnen. Und bei den dreien habe ich ein besonders gutes Gefühl. Ich werde sie beauftragen eine Inspektion von allem vorzunehmen, was vor meiner Zeit fertiggestellt wurde."

„Das kriegen die hin?" Feli sah sie zweifelnd an.

„Ich denke schon, dass ein Elektriker, ein Klempner und ein Schreiner, die auf dem Bau gearbeitet haben, so etwas beurteilen können."

Feli nickte. „Du vermutest, dass dein komischer Vorgänger noch irgendwelche Knallbonbons versteckt hat?" Kati zuckte nur die Schultern während sie die Tür öffnete. „Der oder ein anderer, das weiß ich noch nicht."

Nachdenklich ging sie nach unten, wo Hajo gerade den Gartenschlauch zusammenrollte und sie rief. „Chefin, wir sollten Efeu an den restlichen Giebelwänden pflanzen, das hält die Graffiti-Sprayer ab." „Du hast recht und das sieht bestimmt auch gut aus. Ich werde gleich eine Gartenbaufirma anrufen, die…" „Das brauchst du nicht", unterbrach sie Hajo. „Ich mach das gerne, hab ja keinen Garten mehr, den musste ich abgeben." Er schaute sie so verlegen bittend an, dass sie sofort zustimmte.

„Wenn du dir die Ausgaben von Feli erstatten lässt und deine Stunden abrechnest, kannst du hier gerne deinen grünen Daumen zaubern lassen."

Nachdem sie auch die anderen Männer für ihre Arbeit gelobt und einen kleinen Rundgang in den bereits vermieteten Läden gemacht und sich über die Fortschritte gefreut hatte, begann sie auf der Bank unter der größten Linde, über eine Eröffnungsfeier nachzudenken. Konnte man das im Sommer überhaupt machen? Waren da nicht alle Leute im Urlaub?

Sie schüttelte sich selbst korrigierend den Kopf, vermutlich nicht alle. Und für die, die zuhause bleiben wollten oder mussten, passierte in dieser Zeit einfach zu wenig.

Da könnte man doch mit einer gelungenen Aktion punkten und für die zuhause gebliebenen ein besonderes Erlebnis organisieren: *Einen Urlaubstag im Mühlengrund!*

Alles müsste so vorbereitet werden, dass die Besucher sich wie Touristen fühlen und wie im Urlaub durch Geschäfte bummeln, Spaß haben, etwas Leckeres essen und auch kleine Souvenirs mit nach Hause bringen könnten.

Nur dass sie dafür nicht kilometerweit fahren mussten, sondern den Spaß fast vor der Haustüre hatten. Für Kinder müsste es natürlich auch tolle Überraschungen und vor allem supertolles Eis geben.

Nicht schlecht, dachte sie, als sie ihre ersten Ideen notierte.

Außerdem sollte ich noch einmal genauer prüfen, welche Geschäfte mit welchem Angebot, es in der Nähe schon gibt. Gegen Lebensmittelmärkte, die zu großen Ketten gehören, haben unsere Läden sowieso keine Chance, aber noch gibt es ja genügend Marktnischen.

Als sie von ihren Notizen aufblickte, sah sie die blonde Flora Berger auf sich zukommen, die sich nicht so ganz entscheiden konnte, ob sie gleich auf sie zustürmen oder sich erst bewundernd im Kreis drehen sollte.

„Das ist alles wunderschön, es muss eine Freude sein, hier einzukaufen. Aber werden das auch genügend Leute wissen? Wir sind hier ziemlich weit vom Schuss, da fehlt die Laufkundschaft."

„Wir werden viel Werbung brauchen, aber das wird es wert sein."

Kati lächelte sie beruhigend an. Sie hatte drei Läden ausgewählt, die sie für geeignet hielt, um darin Kurzwaren zu verkaufen, und zeigte sie Flora Berger.

Die war beeindruckt, aber anfangs genauso unschlüssig wie Natalie. „Frau Kurtz war so erleichtert, dass wir nicht schließen müssen und die Fotos haben ihr auch gut gefallen. Ich finde die Geschäfte alle toll, aber ich kann mir nicht vorstellen, wie es aussehen sollte. Ich möchte ja nichts falsch machen."

Gut, dass Kati Diana schon vorbereitet hatte, die kam nach dem Anruf auch sofort aus ihrem Büro gerannt. Schon nach wenigen

Minuten wirkte es auf Kati so, als hätten sich zwei gesucht und gefunden. Da schwirrten Farbbezeichnungen durch die Luft, von denen sie noch nie gehört hatte. Aber die beiden wurden sich sehr schnell einig und erklärten das Geschäft neben der zukünftigen Buchhandlung als die beste Wahl.

Nachdem Flora Berger noch einmal die Mietkonditionen abgenickt und den Vertrag unterschrieben hatte, erkundigte sie sich nach den anderen Inhaberinnen. „Wenn ich das kleine Café einmal in der Woche nutzen könnte, würde ich gerne Strickkurse geben oder einen Strickclub gründen."

„Ich glaube nicht, dass es da Probleme geben wird, aber morgen vormittags dürften die meisten hier sein. Einige haben ja noch einen Job und können sich nur am Wochenende die Zeit für ihren neuen Laden nehmen. Wenn jetzt alles klar ist, dann willkommen an Bord. Übrigens in der *Weiberwirtschaft* duzen wir uns alle. Ich bin Kati…"

„Und ich Flora. Ich bin aufgeregt wie ein Teenager. Das fühlt sich alles wie ein großes Abenteuer an."

Während sie von Kati hinausbegleitet wurde, drehte sich Flora Berger noch einmal im Kreis und machte Fotos mit ihrem Handy. „Das ist für meine Familie, sie freuen sich alle mit mir. Wegen morgen, stört es, wenn ich meine Kids mitbringe?"

„Mich nicht", lachte Kati, „wenn das die kleinen Millionäre sind, bin ich schon sehr gespannt."

Am Samstag zog es Kati schon sehr früh in den Mühlengrund.
Nach eineinhalb Tagen Fortbildung schien es Wendy genauso zu
gehen. Mit Jubelrufen nahm sie zur Kenntnis, dass mittlerweile 5
Läden belegt waren.

„Ich denke außerdem noch an einen Second-Hand-Laden für Kleidung, ein Nagelstudio und ein italienisches Restaurant, da habe ich
schon Anfragen erhalten und meine Fühler ausgestreckt. Über Judith bin ich in Kontakt mit einer Agrarvereinigung im Umland. Sie
bezieht von dort ihre Beeren und anderes Obst. Wenn alles klappt,
werden die bei uns einen Hofladen eröffnen." Kati, die mit Wendy
am Brunnen saß, lehnte sich jetzt entspannt zurück. „Wie ich an
die Fachärzte kommen soll, ist mir noch unklar, aber vielleicht hat
Emilia eine gute Idee. Sie kommt heute vorbei, auch meine Freundin Jessica. Sie sind sowas von neugierig."

„Und wie kommst du mit der Website weiter und wer sind die drei
Figuren, die die Leitungen prüfen?"

„Du warst nicht einmal zwei Tage weg, hast aber eine ganze Menge verpasst."

Kati fuhr ihren Laptop hoch und zeigte Wendy die Ankündigung
der neuen *Weiberwirtschaft* und ihrer Geschäfte im Mühlengrund.

„Könnt ihr zaubern? Das ist so überzeugend gemacht und einfach
schön anzusehen. Ich hatte erwartet, dass Feli viel länger braucht.
Bevor wir die Zunftzeichen aufgehängt haben sah es noch ziemlich
kahl aus, aber jetzt, richtig einladend! Daher auch die Anfragen,

jetzt verstehe ich." „Das war das Erfreuliche. Weniger schön ist, dass irgendwer Stimmung gegen uns macht. Vorgestern gab es hier einen kleinen Volksaufstand, angezettelt von meinem Vorgänger. Auch im Netz werden Anschuldigungen erhoben, wegen Luxussanierungen zu Lasten der Anwohner. Nichts Konkretes, aber ich habe kein gutes Gefühl dabei."

Wendy wirkte enttäuscht. „Onkel Linus hatte doch wirklich eine gute Idee, dagegen kann doch niemand sein! Aber du hast es gut im Griff, ich bin so froh darüber. Ich wäre total überfordert."

„Bei solchen Dingen bin ich das auch", tröstete sie Kati.

„Deshalb habe ich die drei engagiert, wir rechnen Stunden nach Bedarf ab. Aber ich habe ihnen unten eine Werkstatt gegeben und da sie sich zuhause eher langweilen, werden sie öfter hier sein. Zurzeit haben sie aber einen konkreten Auftrag, sie sollen alle elektrischen Leitungen, alle Installationen und Aufbauten prüfen, die zur Zeit meines Vorgängers gemacht wurden."

„Das ist gut." Wendy schien aufzuatmen. „Dann können wir sicher sein, keine Überraschungen zu erleben, wenn der Laden endlich läuft."

Kati sah auf ihre Notizen. „Außerdem hat Kalle die Schlüsselgewalt am Abend. Er lässt die Frauen rein, die abends hier putzen und schließt auch hinter ihnen wieder ab."

„Prima!" Wendy streckte sich. „Meine Fortbildung war ziemlich anstrengend, die ganzen Regeln für die Abrechnung. Aber ich kann es kaum erwarten loszulegen. Nächste Woche fange ich an, ich habe schon erste Termine. Vorher gibt es natürlich eine kleine Einweihung. Hast du schon über die große Eröffnung nachgedacht?"

„Na klar", lachte Kati und Wendy sparte nicht mit erstaunten und begeisterten Kommentaren über die Ideen zum *Urlaubstag im Mühlengrund.*

Als Autogeräusche zu hören waren, liefen beide nach draußen. Maja und Judith waren schon fleißig dabei, Stühle und Tische aus einem Kleinlaster auszuladen. „Hinter dem Gebäude an der Ecke, kannst du parken", rief Kati.

Und zu Wendy gewandt, stellte sie vor. „Das sind Judith, unsere Bäckerin und Maja, die die Buchhandlung übernehmen wird. Und das ist Wendy, ihrem Onkel verdanken wir die tollen Bedingungen für unsere *Weiberwirtschaft.*"

„Außerdem habe ich hier meine erste Praxis für Physiotherapie. Also wenn ihr mal Rückenprobleme haben solltet…"

„Vielleicht schon heute Abend", lachte Judith, „wir müssen die ganzen Möbel noch abschleifen, aber wir haben sie sehr preiswert bekommen."

„Kein Problem", versicherte Wendy und fragte Kati augenzwinkernd. „Sind sie schon getauft?"

Die schaute zunächst etwas irritiert und lachte dann. „Keine Angst, hier wird niemand ins kalte Wasser geworfen. Aber ihr dürft jetzt auch von unserem geheimnisvollen Brunnenwasser kosten.

Es gibt Leute, die schwören darauf, dass es Glück bringt."

Beide sahen sich ungläubig an, tranken im Keller das Wasser aber bereitwillig und luden dann weiter ab.

Offensichtlich war alles gut geplant, denn als sie die ersten Stühle und Tische abgeschliffen hatten, kam Diana mit ihrem Mann und zwei Mitarbeitern. An der Hand hielt sie ein Mädchen und einen Jungen, die sich glichen wie ein Ei dem anderen und die gleichen dunkelbraunen Locken hatten, wie Diana.

Während die Männer Schutzfolien aufspannten und dann die Stühle und Tische mit Farbsprayern behandelten, schlenderte Diana mit den Kindern zu Kati und Wendy.

„Meine Tochter ist heute außerhalb, deshalb habe ich diese beiden mitgebracht. Aber ich muss euch warnen, es sind Tornado-Kids, sie bringen alles durcheinander und das mit einer Schnelligkeit, die mich immer wieder verblüfft. Und dann will es keiner gewesen sein."

„Stimmt gar nicht, Omi", meldete sich der Junge.

„Wir waren es wirklich nicht, die die Cornflakes runter geschmissen haben."

Diana verdrehte ungläubig die Augen und lachte, als ihr Kati zuzwinkerte und die Kinder vom Brunnenwasser kosten ließ.

„Das ist ja bloß Wasser", beschwerte sich das Mädchen enttäuscht.

„Habt ihr keine Limo?" Der Junge dagegen hatte kaum ein paar

Schlucke getrunken, als er begann, von einem Bein auf das andere zu trippeln.

Als ihn Diana streng ansah, schaute er nach unten. „Ich wollte es doch nicht, die Packung ist einfach umgefallen. Bist du jetzt sehr böse?" „Nein, das bin ich nicht, ich finde es gut, dass du endlich die Wahrheit gesagt hast. Aber jetzt wollen wir uns nützlich machen und arbeiten." Sie formte mit den Lippen ein leises „Danke" in Katis Richtung und verschwand mit ihrem Anhang im neuen Büro.

Ehe Kati nach oben gehen konnte, sah sie Flora, die mit sieben Kindern und zwei Hunden ankam. Waren das alles ihre?

Nein, als sie näher kamen, erkannte sie den Fahrradkurier und seine Schwester und auch den Hund mit dem braunen Fell wieder, der aussah wie ein Dackel, aber auch noch eine Menge Gene von anderen Rassen bekommen haben musste.

Hinter ihnen lief ein zierliches, blondes Mädchen mit einem winzig kleinen, weißen Hund. Vermutlich gehörten sie alle zu den kleinen Millionären, was ihr Flora kurz darauf bestätigte.

„Sie platzen vor Neugier, sowohl auf den Mühlenradbrunnen als auch den anderen, von dem ihnen Sporty erzählt hat. Diese beiden sind meine Zwillinge Betty und Ben. Und das sind Lissy, ihr Hund Hagrid, Tanja und Noddy. Fritzi und Sporty kennst du ja schon."

Auch diese Zwillinge sahen sich verblüffend ähnlich, die gleichen hellblonden, lockigen Haare und die blauesten Augen, die Kati je gesehen hatte.

Nachdem die Kinder den Drachen über dem Mühlenrad bewundert hatten, ging Kati mit ihnen zum Glücksbrunnen. Als alle Kinder bereits ihre Gläser in der Hand hielten, stoppte sie Sporty. „Ihr solltet das nur trinken, wenn ihr nichts angestellt habt, denn danach müsst ihr die Wahrheit sagen."

„Das ist doch Quatsch mit Soße, das ist total unwissenschaftlich", empörte sich Ben. „Das ist echt kein Quatsch", verteidigte sich Sporty. „Als ich mit Fritzi die Kissen geliefert habe, haben wir auch davon getrunken. Am Morgen hatte ich mit dem Fahrrad einen Kratzer an die Flurwand gemacht, aber keinem was gesagt. Nach dem Wasser musste ich es einfach beichten. Und Daniel hat mich nicht gehauen, da war ich richtig froh."

„Ja, das macht unser Wasser wirklich und es macht glücklich", bestätigte auch Kati.

„Mir hat es auch Glück gebracht", beharrte Sporty. „Ich habe danach ein schweres Rennen gewonnen. Damit hatte keiner gerechnet, ich am allerwenigsten."

Ben schüttelte nur den Kopf und verdrehte die Augen, aber er trank sein Glas leer. Dann begutachteten sie gemeinsam den Laden, der bald Kurzwaren führen würde und Flora unterhielt sich noch mit Judith und Maja.

Sie hatten sich relativ schnell über die Nutzung des Cafés für einen Strickkurs geeinigt, als Flora noch die Farbe der Stühle und Tische näher betrachtete. „Das ist ein ganz besonderes Rot, so zwischen Apricot und Karmin. Hat das Diana ausgewählt?" Judith nickte stolz. „Sie hat uns überzeugt. Die Farbe sieht hier im Freien schon gut aus, aber im Raum mit künstlichem Licht, ist das der Hammer! Nur meine Haare brauchen jetzt einen neuen Farbton, damit alles passt."

„Was hast du für die Stuhlkissen geplant, eine andere Farbe?" Judith schüttelte betrübt den Kopf. „Diana sagte, die gleiche Farbe oder maximal etwas dunkler. Aber krieg mal einen festen Stoff in so einer Farbe." Flora lächelte, während sie die Stühle aus unterschiedlichem Blickwinkel fotografierte.

„Vielleicht kann ich helfen, ich kenne eine Frau, die dir genau den richtigen Farbton einfärbt in Leinen oder Baumwolle. Wenn du möchtest, kann ich dir die Kissen auch nähen."

„Super!" Eine Sorge leichter, umarmte Judith Flora gerade, als ihre Großmutter, Emilia und Leander eintrafen.

Freya trug einen großen Korb mit Knusperkeksen, Emilia balancierte eine Kuchenplatte und Leander eine übergroße, nagelneue Kaffeemaschine, die er Judith überreichte. „Das ist unser Geschenk zur Eröffnung, denn jeder weiß: Mit Kaffee und Humor, kommt man dem Stress zuvor!"

Lachend umarmte Judith die drei. In Windeseile waren ausreichend Stühle und Tische aus den Kellerräumen geholt, wobei die Kinder fleißig mithalfen, wie Kati bemerkte, während sie in ihr Büro ging, um Kaffee zuzubereiten.

Judith weihte ihre Maschine auch gleich ein und Wendy steuerte noch einige Erfrischungsgetränke bei.

Erstaunlicherweise fanden alle Platz und konnten die Leckereien genießen.

Nur Diana hatte Mühe, ihre Mini-Tornados davon abzuhalten sich auf die Hunde zu stürzen und sicher fielen einige Kuchenstücke für die „Hundchen" unter den Tisch.

In der lockeren Kaffeerunde, an der auch die Maler nach getaner Arbeit teilnahmen, flogen Meinungen und Vorschläge wild durcheinander, vor allem als Kati ihr Konzept für den *Urlaubstag im Mühlengrund* erläuterte.

„Das ist eine tolle Idee", rief Freya und stieß Judith an. „Wir sollten an diesem Tag ein besonderes Gebäckstück kreieren, wie wäre es mit einer Mühlenbrezel?" Die freute sich und ergänzte lachend.

„Und natürlich Dracheneis für die Kinder."

„Super", nickte auch Flora. „Ich dachte bei den Souvenirs an Körbchen mit besonderen Kleinigkeiten. In meinem Heimatort gibt es sehr aktive Landfrauenvereine, die hübsche Sachen sticken, Seife oder Schmuck selbst machen. Lauter Dinge, die nicht so teuer sind. Ich wollte sowieso heute mit meiner Mutter reden, ich könnte sie fragen. Ben, du hattest doch Oma Christiane gesagt, dass ich heute anrufe?"

„Na ja", druckste Ben, „das wollte ich auch." „Aber du hast gesagt, du hättest es gemacht, ich war dabei", wies ihn seine Schwester zurecht. Jetzt wurde Ben puterrot. „Es war mir peinlich, dass ich es vergessen hatte, ich dachte du merkst es nicht."

„Erwischt!" Schadenfroh klatschten sich Betty und Sporty ab.

„Von wegen unwissenschaftlich. Das ist das Wasser der Wahrheit", rief Betty. „Und es macht glücklich", triumphierte Sporty, „nur nicht gleich, Ben. Aber danach wirst du dich besser fühlen".

Das machte auch die anderen neugierig, so dass Kati eine kleine Führung einplante und jeder eine Portion des glückbringenden Wassers abbekam. Auch Katis Freundin Jessica, die als eine der letzten eintraf und sich gerade in einer munteren Diskussion mit Feli befand. Bei deren Anblick mit dem blassen Gesicht, den schwarz umrandeten Augen und glitzernden Piercings, blieb vor allem den Kindern der Mund offen stehen.

„Das ist echt cool", flüsterten die Mädchen andächtig, während die Jungs eher die spitzen Metallarmbänder und die Springerstiefel bewunderten.

Auch für die Neuankömmlinge fand sich noch Platz und ausreichend Kuchen. Gerade als Kati mit Jessica eine Führung machen wollte, huschte etwas Kleines, Helles über den Platz.

Der braune Hund Perla, der neben dem Mädchen mit dem Pferdeschwanz saß, raste sofort hinterher, während das weiße Hündchen

auf dem Schoß des zierlichen blonden Mädchens zunächst zögernd
zu ihr aufschaute, dann aber auch folgte. Schließlich rannten auch
die drei Jungs den Hunden nach.

„Das war eine Ratte", schrie Maja, die am liebsten auf den Stuhl
geklettert wäre, denn das Tier war über ihren Fuß gefegt.
Auch die anderen schauten jetzt irritiert unter die Tische und unter
die angrenzenden Hecken. Kati runzelte sorgenvoll die Stirn.
Wenn das wirklich eine Ratte war, die Katastrophe wäre nicht aus-
zudenken! In dem Moment kam der braune Hund wieder, er trug
eine weiße Ratte vorsichtig im Genick und legte sie vor dem Mädchen ab, das Fritzi hieß. Die zuckte erschrocken zurück, aber Freya
schnappte sich schnell das Tier.
„Keine Angst", rief sie, als sie es genauer betrachtete.
„Die ist zahm, sie trägt sogar ein Halsband." „Und wir wissen ganz
genau, wem sie gehört!"
Am Durchgang erschienen Hajo und Kalle, die zwei Halbwüchsige
mit sich zerrten, die sich nach Kräften wehrten. „Wir wollten nur
mal nachsehen, ob alles in Ordnung ist", rief Kalle, während er
gleichzeitig den Kuchen begehrlich betrachtete.
„Da haben wir die zwei gesehen, wie sie das Tier erschreckt haben,
damit es schneller rennt, die Ratte ist nämlich ziemlich fett."
„Und ich wette", setzte Hajo fort, „dass das nicht ihre Idee war.
Wer hat euch beauftragt?"
„Wir dachten, es sollte ein Spaß sein. So ein Typ hat uns 10 Euro

gegeben, wenn hier irgendwelche Frauen quieken."

Der Kleinere der beiden zitterte jetzt sichtlich und Kati entschied nachzusetzen.

„War es ein jüngerer oder ein älterer Mann, der euch beauftragt hat?" „Warte", rief Wendy und zeigte den Jungs auf ihrem Handy das Foto des Ex-Geschäftsführers.

„Nein, der war`s nicht. Der Mann war älter und hatte schwarze Haare, er fuhr so einen Angeber-Jeep, so einen Hummer."

Auch als die Halbwüchsigen wieder mit ihrer Ratte abgezogen waren, herrschte immer noch Ratlosigkeit in der Runde. Wer könnte es so auf sie abgesehen haben, dass er zu derartig unfairen Mitteln greifen würde?

„Die erste Frage, die wir stellen müssen", setzte Emilia an und hob die Hand, „ist doch die: Wer profitiert am meisten davon, wenn ihr nicht erfolgreich seid?" Alle sahen sich fragend an. „Gibt es konkurrierende Geschäfte im Umfeld?" Leanders Frage zeigte, dass er sich mit Emilias Vorgehen gut auskannte. Kati schüttelte den Kopf. „Das habe ich schon überprüft, da ist nichts. Wir sind wirklich einzigartig!"

Das bestätigte Kalle mit heftigem Kopfnicken, während er gemeinsam mit Hajo die letzten Kuchenstücke vertilgte.

„Was passiert mit dem Grundstück, wenn es nicht bewirtschaftet werden kann?" Anscheinend arbeitete Emilia einen Fragekatalog ab, den nur sie kannte. Diesmal schüttelte Wendy den Kopf.

„Das Grundstück ist Eigentum der Stiftung meines Onkels, da kann eigentlich niemand ran."

„Aber was war mit dem gierigen Investor, von dem ihr am ersten Tag gesprochen habt." Kati konnte sich noch gut erinnern, dass der Mann vom Bezirksamt so etwas erwähnt hatte.

Wendy wurde blass. „Wenn das stimmt, das wäre fürchterlich. Das ist Victor Greed, so ein Immobilien-Tycoon, der wie eine Heuschrecke ganze Wohnviertel vernichtet. Er kauft alles auf und macht teure Eigentumswohnungen daraus. Der kann uns wirklich gefährlich werden.

Es gibt wohl in der Vereinbarung mit dem Bezirksamt so einen Passus, dass sie, wenn hier nicht genug passiert, zumindest den Teil des Grundstücks, den Onkel Linus von ihnen gekauft hat, zurückholen und weiter verwerten können."

„Und darauf scheint dieser Immobilienhai zu warten. Also müsste man ihn unbedingt im Auge behalten", stellte Freya fest, „aber wie?"

„Wir machen es so wie bei dem Hundehasser", rief Sporty, der schlaksige Junge. „Den haben wir solange beobachtet, bis wir ihn stellen konnten, zusammen mit den Krimifrauen und Sophie. Das war echt gut!" „Und stell dir vor, darüber schreibt Emilia ein Buch", raunte ihm Freya hinter vorgehaltener Hand zu.

„Echt? Und wir alle kommen darin vor?" Das kleine Mädchen mit den schwarzen Zöpfen piepste vor Aufregung.

Als Emilia nur lächelnd nickte, beruhigte sie Sporty.

„Natürlich kommst du darin vor, Super-Tanja. Du hast dich doch auf ihn gestürzt." Das Mädchen nickte zögernd.

„Und wenn das Buch fertig ist, dann machen Sie doch eine Lesung bei mir?" Maja sah schon den besonderen Höhepunkt für ihre Buchhandlung.

„Einer meiner beiden Schwerpunkte sind nämlich gute Krimis, bei denen man noch mitraten kann." Während ihr Emilia ihre Visitenkarte reichte, zog Judith neugierig an ihrem Arm.

„Und der zweite Schwerpunkt?" Dabei grinste sie schon wissend und Maja wandte sich ihr zu. „Das hast du doch nicht anders erwartet. Natürlich werden Liebesromane die größte Abteilung werden. Viel Herz und auch ein wenig Kitsch machen das Leben doch gleich viel aufregender und auch angenehmer."

„Da stimme ich dir wirklich zu." Alle drehten sich erstaunt zu Feli. Von ihr hätten die wenigsten eine solche Äußerung erwartet.

Aber die hob die Hände. „Was ist? Habt ihr gedacht, ich wäre dagegen immun? Das hier", sie zeigte auf ihre Armbänder und die Stiefel, „ist nur äußerlich, dahinter bin ich auch eine ganz normale Frau, die Wünsche hat. Trotzdem müssen wir uns jetzt vorrangig mit dem Menschen befassen, der unsere Existenz hier gefährdet. Ich arbeite nämlich gerne hier und mir gefällt, dass wir eine *Weiberwirtschaft* sind. Also werden wir uns nicht von irgendeinem

Mann vertreiben lassen."

Maja und Judith klatschten spontan Beifall.

Feli lachte und setzte fort. „Was wir als erstes brauchen, sind Informationen. Wenn mir die kleinen Detektive am Tisch helfen würden, könnten wir jetzt gleich einiges über diesen Menschen zusammenstellen."

„Klaro", bestätigten Ben und der rothaarige Noddy wie aus einem Munde und Sporty fügte altklug an. „Ich hätte ihn lieber sofort überwacht, aber vielleicht finden wir etwas, das er geheim hält. Dann haben wir den Mistkerl." „Genau", setzte Feli fort, „jeder Mensch hat irgendwo eine schwache Stelle. Also, kommt Leute!" Dieser Aufforderung folgten sehr bereitwillig sieben Kinder und zwei Hunde.

Auch Diana mit Familie und Mitarbeitern verabschiedeten sich und Maja und Judith begannen die lackierten Möbel einzuräumen.

Die am Tisch Verbliebenen genossen die Ruhe, die nach dem ganzen Trubel eingekehrt war, bis sich Jessica räusperte.

„Jetzt verstehe ich wirklich, dass dich das Ganze hier so begeistert. Es ist sicher nicht immer leicht, aber es ist genau das, was du immer wolltest, etwas verändern und vorwärts bringen. Und du hast tolle Leute an deiner Seite."

„Das hat sie auch verdient, unsere Chefin. Die Frau hat den Durchblick", bestätigte Kalle. Auch Emilia lächelte Kati anerkennend zu.

„Man kann es kaum glauben, wie viel du schon in der ersten Woche geschafft hast, 5 Geschäfte vermietet!"

„Und außerdem noch 4 Anfragen, bei denen ich noch meine Fühler ausstrecken muss. Nur bei den Ärzten ist gar nichts passiert. Ich hätte gerne gute Fachärzte gewonnen, aber für die meisten ist die Gegend nicht lukrativ genug."

Emilia beugte sich interessiert vor. „Und was hältst du von Absolventen? Solchen, die ihre Fachausbildung gerade hinter sich haben, sich aber bisher noch nicht niederlassen konnten. Natürlich müssen es gute sein."

Kati freute sich, denn gerade von Emilia hatte sie gute Tipps erwartet. „Aber wie viele von denen haben genügend Geld, um eine eigene Praxis einzurichten? Und Kredite von einer Bank? Das können wir vergessen."

„Auch daran hat Onkel Linus gedacht", meldete sich Wendy.

„Die Stiftung kann in solchen Fällen äußerst günstig Kredite ausreichen." „Super! Wenn sich doch nur alle Probleme so schnell lösen würden", dachte Kati laut, während sich der größte Teil der Kaffeegesellschaft verabschiedete und sie mit Wendy und Flora alleine blieb.

6. Kapitel,

in dem nicht nur ein Café, sondern auch das Liebesleben neu eingerichtet wird und der *Weiberwirtschaft* ein gemeiner Anschlag droht

Maja und Judith hatten inzwischen die lackierten Stühle und Tische
im neuen Café so lange hin- und hergeschoben, bis der Anblick
perfekt war. Jetzt saßen die beiden stolz am Tisch neben der Tür
und sahen sich zufrieden um. Judith nickte anerkennend und hakte
auf ihrer Liste ab.

„Nun brauchen wir nur noch ein paar größere Grünpflanzen, damit
die Tische mehr Privatsphäre haben. Aber das hat noch Zeit, bis
unser Tresen geliefert wird und ich wirklich die Konzession in den
Händen habe. Endlich zahlt sich aus, dass ich damals die Konditor-
lehre durchgehalten habe. Wenn nicht das frühe Aufstehen gewesen wäre, na ja, jetzt brauche ich das nicht mehr."
Sie lehnte sich zurück, um den schmerzenden Rücken ein wenig zu
entlasten. „Wann kommen deine Regale?"
„Angekündigt sind sie zu Beginn der Woche. So schnell geht das
sonst nicht, aber ich kenne den Vertriebsleiter sehr gut und ich
kann durch die Auszahlung meiner Lebensversicherung die Rechnung auch sofort bezahlen. Hoffentlich klappt das alles, wie geplant, denn Mitte bis Ende nächster Woche kommen schon die ersten Bücher."
Auch Maja hatte sich eine entspannte Haltung gesucht, während

sich Judith wohlig streckte. „Ich hoffe, du bestellst auch was Nettes über Kaffee oder die Freude am Kaffeetrinken. Das würde ich dann gerne für die Kunden auslegen." „Gute Idee", nickte Maja und machte sich eine Notiz.

„Was hängen wir eigentlich an die Wände des Cafés? Das sieht noch ein bisschen leer aus." Judith sah sich unschlüssig um.

„Zarte Aquarelle vielleicht? Nein, ich weiß etwas Besseres. Wir fotografieren unsere Beerenkuchen, die passen toll zur Farbe der Möbel."

Maja lachte. „Und dazwischen platzieren wir lustige Sprüche, wie *9 von 10 Frauen lieben Kuchen. Eine lügt!*

Oder *Was stellen wir heute Schönes an? - Die Kaffeemaschine!*

Judith lachte begeistert. „Bei Oma Freya stand in der Küche immer ein Schild: *Selbst der schönste Schlummer ist kein echter Ersatz für einen wirklich guten Kaffee!"*

Maja grinste. „Vielleicht können auch unsere Gäste ihren Lieblingsspruch mitbringen. Das würde eine tolle Sammlung.

Den hier habe ich auch irgendwo fotografiert. Schau mal."

Und Judith las auf Majas Handy: *Je mehr du wiegst, umso schwieriger ist es, dich zu entführen. Also schütze dich und iss Kuchen!*

Judith lachte zwar, protestierte aber dann. „Nein! Den auf keinen Fall. Unser Kuchen macht nicht dick! Er zieht höchstens die Falten glatt und macht schön und sexy. Übrigens hast du vorhin den Maler mit dem Sixpack gesehen, der war echt eine Sahneschnitte. Und er

hat dich die ganze Zeit angesehen. Nach mir schmachtet keiner",
stöhnte sie mitleiderregend.

„Aber du bist doch mit dem Lockenkopf aus der Marketingabtei-
lung zusammen?"

„Nicht mehr!" Judith schüttelte entschieden den Kopf. „Anfangs
lief es ja auch ganz gut und ich dachte es passt. Aber das dachte ich
von den roten High Heels letzten Sommer auch und kannst du dich
an die Riesenblase erinnern, die ich hatte?"

Maja lachte nur. Im Liebesleben ihrer Freundin gab es immer Ups
und Downs, daran war sie gewöhnt.

„Und was machst du jetzt? Versuchst du es im Internet oder machst
du mal ein Blind Date?"

„Blind Date?" Judith schnaubte empört. „Ich hatte schon so viele
Blind Dates, dass ich einen Blindenhund gebrauchen könnte.
Nein, du musst mir jemanden suchen. Aber du kommst ja auch
kaum raus. Also werden wir beide als alte Jungfern enden und uns
eine Katze anschaffen."

„Oder auch nicht."Maja war aufgestanden, weil das Gespräch an
einem Punkt angelangt war, über den sie auch mit ihrer Freundin
noch nicht gesprochen hatte.

„Du weißt doch, dass ich nie mit dem Auto fahre? Das habe ich seit
dem Unfall, als ein Betrunkener unser Auto frontal gerammt hat.
Mir war kaum was passiert, aber Lukas, mein Mann, ist noch an
der Unfallstelle verstorben. Obwohl ich nicht selbst am Steuer saß,

fühlte ich mich schuldig und konnte nicht mehr fahren. Ich konnte
mich einfach nicht hinters Steuer setzen."

„Das tut mir leid." Judith war ihr gefolgt und strich ihr tröstend
über die Schulter.

„Nachdem ich meinen Job gekündigt hatte, war ich endlich auch
bereit, mich diesem Problem zu stellen. Im alten Bahnhof ist eine
Heilpraktikerin, die traumatische Erinnerungen behandelt.
Und jetzt ist es weg, nach nur einem Termin! Ich kann wieder ganz
normal fahren." „ Deshalb bist du vorhin auch bei mir eingestiegen,
ich hatte mich schon gewundert, wollte aber nichts sagen." „Ja",
lächelte Maja. „Es ist alles wieder in Ordnung. Darüber habe ich
mich so gefreut, dass ich gleich noch etwas Neues ausprobieren
wollte."

„Super! Das ist genau richtig", bekräftigte Judith. „Und was hast du
gemacht?"

„Da gibt es im alten Bahnhof einen Line-Dance-Kurs, aber als ich
mich anmelden wollte, stellte ich fest, dass dort nur Paare tanzen."

„Das ist ja schade! Mir hätte das auch gefallen." Judith zog mitfüh-
lend eine Schnute.

Aber Maja lächelte jetzt wissend. „Das ist kein Problem mehr.
Lars, der Tanzlehrer und ich, wir brauchten uns nur anzusehen.
Und dann war es wie im Kino, als ob ein Blitz eingeschlagen hätte,
mir wurde kalt, mir wurde heiß. In dem Moment hätte ich schwören können, dass ich Sterne sehe und Musik höre." Maja strahlte

bei dieser Erinnerung so sehr, dass Judith fast neidisch wurde.

„Und er?", fragte sie neugierig.

„Das ist das Beste", schwärmte Maja, „ihm ging es genauso. Wir haben uns eine ganze Weile nur angesehen. Er konnte kaum sprechen, aber dieser Blick aus seinen Schokoladenaugen, der ging direkt in mein Herz. Als er dann meine Hand nahm, konnte ich mir keinen Ort auf der Welt vorstellen, wo ich lieber gewesen wäre, als in seinen Armen. Wie bei Nora Roberts! Ich hätte nie gedacht, dass so etwas wirklich passiert. Und seitdem weiß ich genau, das passt."

„Verständlich, dass dich dann Mister Sixpack nicht mehr interessiert, aber ich freue mich riesig für dich", rief Judith und umarmte sie stürmisch. „Aber vielleicht denkst du doch ab und zu an die notleidende weibliche Bevölkerung, die die Liebesromane nicht nur lesen, sondern auch erleben möchte."

„Ich habe tatsächlich eine Idee, ich werde eine Kontaktbörse einrichten. Das soll ein Anfang sein, zum Beispiel *Ich gehe gerne ins Musical, wer kommt mit?* Oder *Wer interessiert sich auch für einen Kochkurs?*

Bei dieser Art Verabredung ist der Druck nicht so groß, dass man alles richtig machen muss oder jemanden gleich ablehnt, weil man sich nicht vorstellen kann, ihn für den Rest des Lebens am Frühstückstisch zu sehen. Und wenn keine Funken sprühen, hat man eben einen Freund gewonnen, der gleiche Interessen hat."

„Das könnte mir auch gefallen! Ich denke gerade darüber nach, sollte ich lieber Tanzen wählen oder Fußball? Wo trifft man denn die besten Männer?"

„Heute bestimmt nicht mehr", erklärte Maja entschieden.

„Wir machen Feierabend!" Gerade als sie ihre Läden abschlossen, kam auch Feli mit den kleinen Detektiven zurück. Sie legte einige Blätter vor Kati auf den Tisch.

„Das ist für heute alles, was wir über Victor Greed gefunden haben. Viel ist es nicht und ob alles stimmt, ist auch fraglich. Man weiß nicht genau, wo er herkommt, einige Quellen vermuten den Balkan, andere wiederum sagen, er käme aus einem arabischen Emirat. Nach allem, was wir jetzt wissen, muss er ein übler Bursche sein, ihm ist einiges zuzutrauen. Die kleinen Detektive haben mir sehr geholfen und sie werden auch weiter forschen. Hast du gewusst, dass Ben und Noddy eine Art Gesichter-Erkennungssoftware gebastelt haben? Zwar nur für soziale Netzwerke, aber immerhin. Wir werden auf jeden Fall in Kontakt bleiben."

Während die Kinder begeistert nickten, legte Feli noch ein umgedrehtes Blatt auf den Tisch.

„Lissy hatte noch einen tollen Vorschlag. Willst du es selbst erklären?" Die war zwar etwas aufgeregt bei soviel Aufmerksamkeit, bemühte sich aber ruhig zu sprechen und nicht zu piepsen.

„Ich gestalte meine T-Shirts meist selbst mit Glitzersteinen und Applikationen und deshalb kam ich auf die Idee, dass ein passendes T-Shirt eine tolle Werbung für die Eröffnungsfeier wäre."

„Wir haben gemeinsam etwas entworfen", setzte Feli fort und drehte das Blatt um.

Kati war echt überrascht, die Kleine war doch höchstens elf und produzierte einen echten Eye-Catcher!

Für die Vorderseite des T-Shirts war ein farbiger Druck vorgesehen, der das Mühlenrad mit dem pustenden Drachen im Kleinformat zeigte und darunter die Aufschrift: *Ein Urlaubstag im Mühlengrund.* „Lissy, du bist echt ein Genie", rief sie, „das ist eine tolle Idee!"

„Lissy hat ein Händchen für so etwas", bekräftigte auch Betty. „Sie hat auch schon Mode selbst entworfen."

Kati betrachtete immer noch das Blatt. Es konnte nur am Glücksbrunnen liegen, in letzter Zeit wurden ihr so viele Ideen und Anregungen geschenkt, ihr floss fast das Herz über.

„Feli, wenn du es schaffst, dass wir die T-Shirts bis zur Eröffnung gedruckt kriegen, könnten wir sie dort verkaufen und haben gleichzeitig eine tolle Werbung. Und ihr bekommt sie schon vorher als Geschenk, einverstanden?" Siebenstimmige Jubelrufe zeigten ihr, dass sie genau das Richtige vorgeschlagen hatte.

Am nächsten Tag, als sie sich in den Geschäften der näheren Umgebung umsah, wurde sie von einer Frau angesprochen, bei der sie erst auf den zweiten Blick ihre Klientin erkannte, deren Mann sie krankenhausreif geschlagen hatte.

„Wissen Sie Frau Geißler, erst in der Klinik habe ich wirklich begonnen nachzudenken. Ich habe mir ihre Sätze so lange wiederholt, bis ich mich stark genug gefühlt habe. Dann habe ich die Scheidung eingereicht. Jetzt lebe und arbeite ich in einem Frauenhaus ganz in der Nähe. Besuchen Sie uns doch mal. Ich habe Ihnen so viel zu verdanken und das wünsche ich mir auch für die anderen Frauen."

Kati freute sich über das Ergebnis, auch wenn es sehr spät erreicht wurde. Immerhin hatte sie doch etwas bewirkt, aber sollte sie deshalb wieder zurückgehen? Das kam für sie noch nicht in Frage, aber ein wenig Unterstützung für diese Frauen müsste machbar sein. Und das wurde von den Frauen, die das Frauenhaus leiteten auch gerne angenommen, wie Kati einige Tage danach bei ihrem Besuch erfuhr.

Die Vorbereitungen für den *Urlaubstag im Mühlengrund* liefen mittlerweile so gut, dass Kati ihre Bedenken fast vergessen hatte. Auch im Internet war nichts Neues aufgetaucht, vielleicht ging doch alles gut.

Einen Tag vor der geplanten Eröffnung, sie war gerade frisch frisiert aus Natalies Salon gekommen, schien sich ihr Optimismus in Luft aufzulösen, als ihr Kalle, Hajo und Fietje aufgeregt zuwinkten. Bevor sie fragen konnte, lotsten die drei sie in den E-Raum. Kalle zeigte auf eine Stelle, die für Kati so aussah, wie ein Irrgarten aus Kabeln.

„Ich verstehe davon gar nichts, du musst mir schon eine verständliche Kurzfassung geben."

Kalle räusperte sich, er war ziemlich aufgeregt. „Wir haben alle Leitungen, Aufbauten und Installationen geprüft. Die meisten Probleme gab es bei den Stromleitungen. Kleinigkeiten wie lose Klemmstellen habe ich gleich repariert. Aber das hier ist Sabotage! Das sieht nach außen harmlos aus und bisher ist auch nichts passiert, weil nur einige Läden gearbeitet haben. Wenn aber morgen alles ans Netz geht, gibt es entweder einen Schwelbrand oder auch einen großen Knall."

Kati hob erschrocken die Hand zum Mund, um ein Stöhnen zu unterdrücken. Sie wagte nicht sich vorzustellen, was alles hätte passieren können. Sie waren einer Katastrophe wirklich nur knapp entgangen. Dankbar umarmte sie die drei. „Ihr seid echt die Größten! Ich bin so froh, dass ich mich auf euch verlassen kann. Dafür revanchiere ich mich, aber erst mal müssen wir die Eröffnung überstehen."

Sie fotografierte den Schaden mehrfach und überlegte, wie sie vorgehen sollte. „Soll ich es gleich reparieren?", bot Kalle an.

„Nein, ich rufe den Inhaber der Firma an, die das verlegt haben und du kontrollierst, wenn es repariert ist."

Die drei grinsten schon voller Vorfreude, als sie den Raum verließ. Der Elektromeister, ein älterer Mann, war sofort nach ihrem Anruf gekommen und fast zusammengebrochen, als er die Gefahrenstelle sah. „Das kann mich mein Geschäft kosten, wenn das bekannt wird", stöhnte er und wischte sich die Stirn mit einem karierten Taschentuch.

„Soweit muss es nicht kommen", beschwichtigte ihn Kati. „Ich will die Besucher für morgen auch nicht beunruhigen, aber ich will wissen, wer das war. Und ich will es sofort repariert haben, damit wir hier sicher sind."

Der Elektromeister kramte in seiner Tasche. „Ich habe alles dabei, was ich brauche, ich kann das gleich machen." „Gut, mein Mitarbeiter wird Sie unterstützen, aber vorher sagen Sie mir noch, wer von Ihren Leuten an dieser Stelle gearbeitet hat."

Nachdem der Mann umständlich ein Tablet aus seiner Tasche gezogen und darauf getippt hatte, nannte er nur zwei Namen, Müller und Maggot. „Können Sie die beiden hierher holen? Dann könnten wir die Sache ein für allemal beenden."

Der Elektromeister sah sie zweifelnd an, tat aber alles, was sie verlangte. Nachdem er sich zum E-Raum begeben hatte und die beiden ankamen, ließ Kati einen in Felis Obhut und unterhielt sich mit dem anderen über die Qualität des eingebauten Materials, während sie ihm zweimal Brunnenwasser nachschenkte.

Nach einigen Minuten beendete sie das Gespräch ergebnislos.

Bei dem, der Maggot hieß, ging alles sehr schnell, er brach schon nach den ersten Schlucken zusammen und gestand den geplanten Anschlag. Als Kati ihm Fotos zeigte, deutete er sofort auf Victor

Greed als Auftragsgeber und erzählte jammernd. „Er hatte mir 500 Euro versprochen und ich habe eine Menge Schulden, gegeben hat er mir aber nur die Hälfte. Was passiert denn jetzt mit mir?"

Kati sah ihn kühl an. „Was ihr Chef mit Ihnen macht, ist seine Sache, aber hier steht eine Sammeldose. Die ist für Geld, mit dem ein Frauenhaus in der Nähe unterstützt wird. Wenn ich sehe, dass Sie dafür eine ansehnliche Spende haben, könnte ich die Sache vergessen. Finde ich weitere Probleme, die Sie verursacht haben, sind Sie dran."

Nachdem die Stelle repariert war, informierte sie auch Wendy, verpflichtete aber alle zur Geheimhaltung. Jede noch so kleine Information konnte Gerüchte auslösen und das Projekt scheitern lassen.

Ein Glück, dass ich so gute Leute um mich habe, dachte Kati und bekräftigte innerlich noch einmal ihr Ziel. Die *Weiberwirtschaft* wird erfolgreich sein, wir lassen uns nicht vertreiben!

7. Kapitel,

in dem in dem ein Urlaubstag viele Menschen anlockt und die *Weiberwirtschaft* auf Erfolgskurs bringt

Der Tag der Eröffnung der Geschäfte im *Mühlengrund* begann mit strahlendem Sonnenschein.

Kati stand am Fenster ihres Büros und schaute auf den Innenhof.

Als sie vor einigen Wochen dort am Tisch über den heutigen Tag gesprochen hatten, schien alles noch weit entfernt zu sein, aber die Zeit war rasend schnell vergangen.

Dafür war aber auch eine Menge passiert. Gleich nach diesem Wochenende hatte Natalie mit viel Energie und Unterstützung durch ihren Mann und ihren Bruder begonnen, ihren Salon *Glückssträhne* einzurichten. Auch der größte Anteil der Möbel dafür war ein Glücksfall, wie sie Kati stolz erklärte. „Ich habe einige Geschäftsauflösungen besucht und die Rosinen ausgewählt."

Jetzt strahlten die Räume in weiß-türkisblauem Karibikflair und inzwischen waren dort auch schon einige Kundinnen verschönert worden. Kati war eine der ersten gewesen und sehr erfreut darüber, wie geschickt die Frisörin ihren Internetblog genutzt hatte, um ihre Stammkundinnen an den neuen Standort zu locken.

„Ich habe die Anlage mit richtig leckeren Fotos vorgestellt und habe meine Kundinnen auch miterleben lassen, wie sich mein Salon verändert. Sie konnten sogar selbst Vorschläge machen, die ich dann mit Diana beraten habe. Und natürlich ist die Straßenbahn-Haltestelle ein besonderer Pluspunkt für alle umweltbewussten Frauen."

Auch Judith und Freya hatten ihren Probelauf schon hinter sich, ebenso wie Maja, deren *Leseecke* heute besondere Bestseller für Kinder und Erwachsene anbot.

Inzwischen war auch Flora Berger umgezogen und würde mit der Bezeichnung *Kurtz-Waren* auf dem Ladenschild die Deutschlehrer unter den Kunden ganz sicher zur Verzweiflung bringen.

Dieser Umzug war einer der schwierigsten, aber auch der lustigsten gewesen, denn nicht nur Floras Mann hatte mit angepackt, sondern auch fast der gesamte Club der kleinen Millionäre.

Kati schmunzelte, wenn sie daran dachte. Nicht nur sie hatte ihre Freude an diesen Kindern, die jetzt schon genau wussten, was sie erreichen wollten.

Feli hatte ihr erzählt, sie habe von der blonden Betty eine richtige Lektion in Sachen Sparen erhalten. „Diese Kinder haben mehr Ahnung vom Geldanlegen als mancher Erwachsene. Natürlich habe ich jetzt auch einen Sparplan, mit dem ich monatlich in einen guten Fonds einzahle und wie Betty sagt, fast von selbst reicher werde."

Das würde wahrscheinlich allen gut gefallen, dachte Kati, denn inzwischen konnte sie das besser einschätzen.

Zusammen mit Feli hatte sie den Schnelldurchlauf über Finanzplanung und Buchführung fast genossen, so anschaulich und auf ihr

Projekt bezogen, hatte ihnen Leander alles erklärt.

Auf dem Hof tat sich trotz der frühen Stunde schon einiges. Wahrscheinlich sind das die Frauen vom *Hofladen,* überlegte Kati. Auch das hatte wunderbar geklappt, weil diese Frauen überraschend geschickte Heimwerkerinnen waren und alles selbst erledigten. In nur einem Tag war der Laden fertig, in dem es zukünftig frisches Obst und Gemüse, Kräuter, Gewürze und Käse aus eigener Herstellung geben würde. Für heute hatte ihr Anke, die den Laden führen würde, auch Bratwürste und anderes vom Grill versprochen.
Das kleine Nagelstudio von Thao, der Vietnamesin, war ebenfalls fertig und würde für heute auch Sonderangebote bereit halten.

Bedauerlicherweise musste der Second-Hand-Shop *Trash-Chic* noch geschlossen bleiben, da die Inhaberin plötzlich erkrankt war. Das ist wirklich schade, überlegte Kati etwas ironisch, denn das tolle apfelgrüne Vintage-Kleid im Schaufenster ist ganz sicher für mich bestimmt.

Auch wenn sie es sich so sehr gewünscht hatte, das italienische Restaurant *Bologna*, zu dem die interessante Treppe nach oben führte, konnte in dieser kurzen Zeit nicht eingerichtet werden. Aber Giulia und Grazia würden sie heute mit etwas Besonderem überraschen, das hatten sie angekündigt. Dass dieser Mietvertrag zustande gekommen war, machte Kati besonders stolz. Das Restaurant von Vincenzo Corelli, dem Vater der beiden, war eine der ersten Adressen der Stadt, ein Ort, an dem sich die Berühmten, die Schönen und die Reichen trafen. Seine Töchter aber wollten sich ausprobieren, etwas ohne die strengen Augen des Papas schaffen. Genau das hatte ihnen Kati mit ihrem Angebot ermöglicht.

Mittlerweile hatte sie auch eine Zahnärztin und eine Frauenärztin unter Vertrag, die aber erst im nächsten Monat beginnen würden. Weitere Ärztinnen würden sicher folgen.
Unten bauten die Frauen vom *Hofladen* gerade hübsch gestaltete, kleine Probengläser mit Senf und Pesto auf, während Judith Stühle und Tische ins Freie räumte. Alles lief wie geplant, dennoch war Kati immer noch ungewöhnlich unruhig und nervös.
Wenn es helfen würde, wäre sie sogar bereit zu beten, um weitere Störungen zu verhindern, denn der Schock von gestern saß noch tief.
Sie griff nach der leichten apfelgrünen Jacke, es war Zeit, die Gäste zu begrüßen. Natürlich wollte sie dem Bezirksamt zeigen, wie weit sie schon gekommen waren, aber auch das lokale Fernsehen und einige Zeitungen, die sich angekündigt hatten, sollten nur das Beste berichten.
Mit einer gewissen Genugtuung begrüßte sie gemeinsam mit Wen-

dy, Peter Thiele vom Bezirksamt und wies auf das pulsierende Geschehen. „Sieht das für Sie jetzt nach laufenden Geschäften aus?" Er lachte und das erinnerte sie schon wieder an Stephan.

Wieso musste sie in letzter Zeit dauernd an ihn denken? Vielleicht sollte sie sich auch mal bei Majas Kontaktbörse anmelden. Das mache ich später, vermerkte sie auf ihrer inneren To-do-Liste und wand sich wieder Peter Thiele zu, der anerkennend nickte.

„Ich wäre der Letzte, der sich nicht über Fortschritte bei Ihnen beiden freuen würde, aber ob Sie es wirklich schaffen, wissen wir erst in einem halben Jahr." „Und bis dahin sitzt Ihnen noch Victor Greed im Nacken?"

Überrascht drehte sich Thiele um. „Sie kennen ihn?"

Kati lachte. „Zum Glück nicht, ich lege auch keinen Wert darauf."

„Aber ich schon", betonte Wendy. „Ich würde ihm gerne ins Gesicht sagen: Die *Weiberwirtschaft* lässt sich nicht vertreiben!"

Kati, die Probleme befürchtete, zog sie rasch zur Seite und schlug einen Rundgang vor.

„Wir sollten Ihnen erstmal die Highlights für den *Urlaubstag im Mühlengrund* zeigen. Das Motto kam sehr gut an." Sie wies auf Lissy, Tanja und Fritzi, die stolz die T-Shirts mit dem Mühlenrad trugen und vor dem Kurzwarenladen halfen. „Hier kann man, wie im Urlaub Souvenirs kaufen", erklärte Kati und zeigte auf die Körbchen mit bunten Seifen und bestickten Frotteetüchern.

„In *Majas Leseecke* gibt es heute für die Kleinsten eine Märchenstunde mit Rätseln und tollen Gewinnen."

Bei *Dianas Gardinenpredigt* bekommen die Erwachsenen 20%
Rabatt." „Und Schlangen haben Sie auch schon", grinste Thiele.
„Das ist auch kein Wunder. Dort gibt es heute Thüringer Bratwurst
und Rostbrätel vom Grill des *Hofladens* und daneben in *Judiths
Backstube* wurde extra für die Eröffnung eine Mühlenbrezel
kreiert. Bei Natalie, unserer Frisörin werden Kinder geschminkt
und gleich fotografiert, noch mit einem alten Polaroid-Apparat.
Aber jetzt kommt etwas Neues."

Mit dieser Ankündigung dirigierte sie ihren Gast und die Journalisten, die geschwungene Treppe nach oben. „Das *Bologna* wird noch
eingerichtet, hat aber schon eine Art Schalter, der später auch
bleibt. Hier verkaufen die Schwestern Corelli italienisches Street-
food." „Ist das eine Namensgleichheit oder…?" „Nein, es sind
wirklich seine Töchter."

Ungeachtet der erstaunten Ausrufe der Journalisten hinter ihr, wies
sie Thiele auf die Auslage hin. „Wenn Sie kosten wollen, ich kann
das überbackene Focaccia und auch die Polpetten sehr empfehlen."
Zu Katis Überraschung tat er das auch und war offensichtlich begeistert. Heute machte er sowieso einen weniger gestressten Eindruck auf sie und sie fand es angenehm, ihm alles zu zeigen.
„In unserer *Weiberwirtschaft* fördern wir die Zusammenarbeit un-
tereinander, wir brauchen nicht zu konkurrieren. Die Corellis pro-
duzieren ihr supergutes Gelato auch für das kleine Cafe neben der

Backstube und die wiederum liefern später die Kuchen und Torten für Feierlichkeiten, wenn das Restaurant geöffnet hat, während der *Hofladen* das Obst für die Backstube und das Gemüse für das *Bologna* bereitstellt. Im kleinen Café unten gibt es nicht nur Kaffee und Kuchen, sondern auch Buchlesungen und Strickkurse. Und das werden wir noch ausbauen."

Er lachte wieder, was ihn sehr sympathisch machte, fand Kati.

„Sie haben meine volle Unterstützung, aber so wie es aussieht, haben Sie alles im Griff."

Und so lief es auch den ganzen Tag.

Als die offiziellen Vertreter verschwunden waren, nahmen die Anwohner den neuen *Mühlengrund* wieder in Besitz. Die Stimmung stieg, vor allem als fröhliche Country-Musik erklang und ein junges Paar mit Gitarren, die Zuhörer mitriss. Dazu kamen auf Majas Vermittlung die Line-Dancer vom alten Bahnhof, die stilecht mit Westernklamotten, schicken Hüten und glänzenden Stiefeln einmarschierten.

Maja und die jetzt blonde Judith stürmten aufgeregt nach draußen, um zuzusehen. „Das sieht toll aus, alles in Schwarz-weiß", rief Judith. „Die Westen und Röcke der Frauen und die süßen Petticoats, super!" Maja stand einfach nur da und strahlte, bis Judith sie am Arm zog. „Erde an Maja! Der ganz vorne, das ist dein Lars? Der hätte mir auch gefallen können." Maja hob gespielt empört beide Hände.

„Finger weg! Der gehört mir. Du kannst ja irgendwann mit zum Tanzen kommen. Die Leute hier finden es doch auch toll."

Sie wies auf die Zuschauer, die rhythmisch klatschten.

Das war eine gute Entscheidung, dachte auch Kati. Die fröhliche Country-Musik, das Duo und die Tänzer verbreiteten soviel gute Laune, dass sich wirklich jeder wie im Urlaub fühlen konnte.

Auch die Angehörigen und Freunde, die die neuen Ladenbesitzerinnen ausgiebig feierten, waren begeistert.

Genauso wie Katis Besucher. Jessica kam vorbei und ließ keinen Verkaufsstand aus. Emilia und Leander, die danach die erschöpfte, aber strahlende Freya wieder mit nach Hause nahmen, wären am liebsten geblieben.

Natürlich durfte auch der Rest der kleinen Millionäre nicht fehlen.

Zuerst kam Sporty und zupfte Kati, die sich gerade über die ausgelegten Bernstein-Anhänger beugte, am Ärmel.

„Ich soll Ihnen etwas sagen, aber es ist geheim." Kati verbiss sich das Grinsen, da er sie so ernsthaft ansah und nahm ihn mit in den Kellerraum. „Habt ihr etwas herausgefunden?"

Jetzt lächelte er. „Wir nicht. Fritzi und ich waren zwei Wochen bei unserer Grandma in Canterbury, es sind doch Ferien. Aber Ben und Noddy haben das Programm die ganze Zeit laufen lassen.

Es gibt zwei Fotos, die diesen Greed mit einer Frau zeigen, die nicht seine Frau ist. Die Mädchen sagen, das wäre ein guter Anhaltspunkt."

Jetzt errötete er ein wenig und Kati fand ihn so liebenswert, dass sie ihn einfach umarmen musste, auch wenn ihr klar war, dass das in dieser Altersstufe keine Freudenausbrüche hervorrufen würde.

„Die beiden können erst gegen Abend kommen, dann bringen sie die Aufnahmen mit. Die Zwillinge haben nämlich noch ein Foto-shooting und Noddy macht zum ersten Mal mit. Ich muss jetzt zu Judith, die hat Dracheneis."

Mit diesen Worten verschwand er wieder. Etwas Schöneres hätte heute nicht passieren können, dachte Kati. Ein gelungener Tag und dann noch ein Sahnehäubchen obendrauf.

Nachdem sie später die Fotos von den beiden stolzen Detektiven entgegen genommen hatte, beriet sie sich am Abend mit Feli.

Die warf nur einen Blick auf die Aufnahme und grinste.

„Das waren keine Profis, aber es reicht. Vermutlich ein Foto von einer privaten Feier, die jemand ins Netz gestellt hat, ohne zu ahnen, dass der gute Victor auf Auswärtsspiele steht.

Ich kenne jemanden, der damit eine ganze Menge anfangen kann, was genau, willst du gar nicht wissen."

„Stimmt", lachte Kati. Dann verließen sie gemeinsam den Platz, der durch ihre fleißige *Rentner-Brigade* schon wieder sauber gefegt war.

Am Montag jagte Feli durch die Geschäfte, um alle Inhaberinnen für den Nachmittag zu einem kurzen Treffen am Brunnen einzuladen. „Nur Tod und amputierte Gliedmaßen zählen als Entschuldigung für ein Fernbleiben", erklärte sie grinsend.

Im Brunnenraum begrüßte Kati dann alle mit einem strahlenden Lächeln und einem Glas Brunnenwasser. „Es gibt auch noch Sekt zum Anstoßen, aber erst sorgen wir für noch mehr Glück."

Während sich die Frauen ihre Plätze suchten, wurden die Neuankömmlinge Giulia, Grazia und Thao tuschelnd in das Geheimnis des Brunnens eingeweiht.

„Vielen Dank an alle für den *Urlaubstag im Mühlengrund*. Mädels, ihr wart einfach Spitze!"

Kati ließ zufrieden ihre Blicke schweifen. „Die Offiziellen haben uns in den höchsten Tönen gelobt und die Anwohner waren regelrecht begeistert, dass endlich wieder was passiert. Wir haben jetzt gute Möglichkeiten zu beweisen, dass der lokale Handel immer noch eine Chance hat. Unsere Kunden bekommen einen guten Service, außerdem kann man bei uns anfassen, riechen oder anprobieren, das ist nicht zu unterschätzen.

Aber noch bessere Chancen werden wir haben, wenn wir das lokale Angebot mit dem Internet verbinden. Feli wird mit jeder von euch darüber sprechen, wie ihr euer Angebot auf unserer Website dargestellt haben wollt, um möglichst viele zu erreichen und zu begeistern."

Sie trank einen Schluck und setzte dann fort. „Wir wollen aber auch eine richtige Plattform installieren, die Technik dafür ist endlich da. Dort können die Kunden entweder bei euch vorbestellen oder auch gleich kaufen. Macht euch Gedanken und Feli wird alles erfassen und euch beraten.

So und jetzt möchte ich mit euch auf unseren Erfolg anstoßen.

So soll es weitergehen. Auf die *Weiberwirtschaft*!"

Noch während sie sprach, öffnete Hajo die Tür und hielt sie auf, während Kalle und Fietje hochkonzentriert Tabletts mit Sektgläsern herein trugen.

Nachdem alle angestoßen hatten, hob Kati die Hand, um die beginnende Plauderei zu unterbrechen.

„Ich muss euch noch über etwas Ernstes informieren. Es gibt immer noch Gegner unseres Projektes, die uns gerne scheitern sehen würden. Seid bitte in den nächsten Wochen sehr vorsichtig dabei, mit wem ihr sprecht. Lasst niemanden allein in euer Geschäft oder die Nebenräume. Dass wir am Wochenende diesen unbeschwerten Tag hatten, haben wir diesen drei Männern zu verdanken.

Sie haben eine Katastrophe verhindert und dafür noch einmal herzlichen Dank! Lasst es euch schmecken."

Wendy und Feli überreichten den überraschten Männern einen großen Präsentkorb mit herzhaften Köstlichkeiten, während die Frauen noch aufgeregt flüsterten. Schließlich hob Flora die Hand. „Ich weiß nicht, wie es euch geht, aber ich bin froh, diesen Laden und dieses Umfeld gefunden zu haben. Ich gehe hier nicht weg!"

„Ich auch nicht!" Auch Natalie war entschlossen, ihren Salon zu verteidigen, genauso wie die anderen Frauen auch. In die allgemeine Zustimmung rief Diana, die sich bisher zurückgehalten hatte.

„Wir sollten diese Treffs regelmäßig machen, einmal in der Woche würde reichen. Wir hören schneller, was gerade läuft und können uns auch rechtzeitig wehren. Denn ich will auch hier bleiben."

„Wir natürlich auch, wir gehen nicht weg, ohne zu kämpfen", riefen die Corelli-Schwestern unisono.

Noch bis zum Ladenschluss war die Erregung bei den Frauen zu spüren, aber auch die Entschlossenheit, die Stellung zu halten.

Als Judith in Majas Leseecke auf die Freundin wartete, zeigte die ihr einen Flyer vom Line-Dance-Club.

„Du fandest doch die Tänzer am Wochenende toll. Lars hat mich vorhin angerufen. Es gibt einen neuen Interessenten, aber der hat keine Partnerin. Wenn du Lust hast, könntest du gleich ins kalte Wasser springen. Wir wiederholen heute zwei Anfängertänze, den *Sixteen-Step* und *Passion*. Die schaffst du locker und vielleicht klappt dann es dann ja auch mit der Leidenschaft."

Judith sah sie zweifelnd an. Aber was hatte sie schon zu verlieren? Sie hatte die Wahl zwischen einem Abend in einer leeren Wohnung oder einer möglicherweise interessanten Bekanntschaft, da fiel ihr die Entscheidung doch leicht.

8. Kapitel,

in dem die *Weiberwirtschaft* immer kreativer wird, neue Männer auftauchen und eine entscheidende Schwachstelle gefunden wird

Der nächste Tag begann wieder mit einem wunderbaren Sommermorgen, wie auch schon in den letzten Wochen. Wenn es mal regnete, dann sanft gegen Abend oder in der Nacht.

Wir haben wirklich optimale Bedingungen, dachte Kati, während sie beobachtete, wie die ersten Kunden auf den Platz strömten, dann wand sie sich wieder ihren Mietverträgen zu.

Feli, die bereits damit begonnen hatte, die Wünsche und Vorstellungen der Ladeninhaberinnen zu erfassen, stürmte am späten Vormittag herein. „Entweder macht sie der Erfolg kreativer oder es ist unser Wasser. Es schwirren so viele interessante Ideen durch die Luft, sagenhaft!"

Kati sah sie fragend an. „Wendy möchte Gutscheine für Wohlfühl-Massagen anbieten. Das wären tolle Geschenke zum Frauentag, zum Muttertag oder auch zum Geburtstag der Oma. Oder Natalie, die hat für die Kundenwerbung ja schon ihren Blog mit Vorher-Nachher-Fotos. Den muss ich nur mit unserer Seite verlinken. Dafür baue ich ihr einen Terminkalender. Ihre Stammkunden bekommen einen Zugangscode und können so ihren Frisörtermin nach Wunsch buchen." „Und bei Natalie klingelt nicht dauernd das Telefon, das ist echt clever. Und Flora?"

„ Die sprüht vor Ideen seit sie Teilhaberin im Kurzwarenladen geworden ist. Du weißt doch, dass sie die farblich passenden Kissen und Decken für das Café besorgt hat. Das Einfärben in einen Wunschton, das bietet sie jetzt auch für Kunden an. Ich kann mich dafür ja nicht sonderlich begeistern." Feli zeigte grinsend auf ihre schwarzen Klamotten.

Kati dagegen war sofort interessiert. „Ich bin überzeugt, dass davon viele Frauen begeistert sein werden. Im letzten Jahr hatte ich mir für den Urlaub eine ganz süße Caprihose gekauft, in Seegrün. Das sieht toll aus, aber ich habe wochenlang nach etwas gesucht, das farblich dazu passt. Und bei Flora bekomme ich jetzt genau das Richtige. Super!" „Aber Dianas Idee ist der Hammer, da wirst du erst recht begeistert sein."

Sie schob Kati ein Blatt mit ersten Werbe-Slogans zu. „Sie bietet eine *Sorglos-Renovierung* an, das heißt, die Firma renoviert ein Zimmer oder eine ganze Wohnung, während die Leute im Urlaub sind. Wenn die erholt nach Hause kommen, ist alles schick."

Kati schaute sehnsüchtig auf die Blätter. „Das könnte mir auch gefallen, aber vor allem für Ältere wäre das eine wunderbare Erleichterung. Und die meisten machen ihren Urlaub auch nicht in den Monaten, wo Schulferien sind."

„Du hast recht, das sollte ich hervorheben. Aber jetzt gehe ich noch mal zu Judith. Vorhin war nämlich der tolle Beerenkuchen noch nicht fertig." „Das könnte mich auch reizen", stöhnte Kati, „aber obwohl ich jeden Morgen jogge, nehme ich bei diesen ständigen süßen Verführungen zu. Ich hole mir lieber bei den Corellis einen großen Salat mit Polpetten." Feli musterte sie prüfend und grinste. „Du trägst 36/38, also muss es sich um verstecktes Fett handeln. Damit könnte ich leben, aber ohne Beerenkuchen nicht, ich gehe zu Judith."

Auch die wartete schon mit klaren Vorstellungen auf.

„Wir würden gerne mehr auf Bestellung arbeiten und auch einiges direkt über das Internet verkaufen. Dann könnten wir auch gluten-freies Brot oder Brötchen anbieten. Das würde sich sonst nicht loh-nen, da das nicht jeder braucht. Aber wer so essen muss, wird glücklich sein, wenn er bei uns bestellen kann. Und wir hätten aus-reichend Zeit, damit der Teig auf natürliche Weise gehen kann. Kekse machen wir ja sowieso für den Versand. Hier habe ich eine Auswahl der Sorten, die dafür in Frage kämen." Feli notierte eifrig, hatte aber Mühe, die Plätzchen nicht schon mit den Augen zu ver-schlingen.

„Die halten gut verpackt längere Zeit und schmecken danach meist noch besser. Diese hier mit Minze und Schokolade haben wir Can-terbury-Kekse genannt. Sporty hat mich auf die Idee gebracht, er sagt sie riechen, wie bei seiner Grandma, die dort wohnt. Koste ruhig, du kannst es vertragen, dein Kuchen kommt gleich."

„Oh, ihr habt frische Kekse und mir sagt keiner Bescheid."

Wendy ließ sich auf den Stuhl neben Feli fallen, die sofort ihre

Plätzchen zu sich zog.

„Ich brauche unbedingt eine Dosis Verwöhnaroma. Habt ihr meine Patientin von eben gesehen? Ein schwerer Fall von mieser Laune. Zum Glück war das ihr letzter Termin. Jetzt brauche ich lachende Gesichter und Beerenkuchen. Hast du noch welchen?"

Während Judith zufrieden lächelnd zum Tresen ging, wandte sich Wendy zu Feli um. „Habe ich euch beim Arbeiten unterbrochen?"

„Nein, nein", beruhigte sie Feli. „Ich bin fast durch. Wir werden wirklich tolle Sachen anbieten, die Leute werden staunen."

„Ich bin so froh, dass ihr das macht", rief Wendy und dehnte ihren Rücken. „Ich darf gar nicht daran denken, was alles auf mich zugekommen wäre, wenn ich euch nicht hätte."

„Ich weiß, man sieht es mir nicht an", grinste Feli. „In Wirklichkeit bin ich ein Engel und wenn ich für mich auch ein Wunder vollbringen könnte, wäre ich perfekt."

„Woran hattest du denn gedacht?" Wendy beugte sich interessiert vor. „Denkst du an einen Träger von Y-Chromosomen?"

„Falls du damit ein männliches Wesen meinst, dann ja. Da muss offensichtlich ein Wunder geschehen, damit ich nicht schon wieder eine Niete erwische."

„Was ist denn passiert, hat er dich betrogen?" Judith hatte die Kuchenteller abgestellt und strich Feli tröstend über die Schulter.

„Nein, das nicht. Aber wenn du glaubst, du hättest endlich den Richtigen gefunden, dann wäre es gut, wenn der das auch so sehen würde. Wir hatten alles schon geplant, hatten einen festen Termin für die Hochzeit und ich war gerade dabei, die Einladungen zu gestalten, als er sich abgesetzt hat. Es lief wirklich alles nach Plan, aber vermutlich war der Plan schon Scheiße."

„Und dann bist du militant geworden?" Wendy zeigte auf die Metallarmbänder mit Dornen.

„Ja, ihm zuliebe hatte ich mich vorher schon völlig verbogen. Es musste alles nach seinen Vorstellungen sein, das richtige Outfit, die richtigen Freunde, die richtige Karriere, du musst dieses, du musst jenes, damit du in die richtigen Kreise passt."

Judith lächelte verschmitzt und deutete verstohlen zur Backstube, wo Freya lautstark wirtschaftete.

„Kein Mensch muss müssen! Weißt du, was unser General in solchen Fällen sagt? *Du musst nur eins, das präg dir ein, kein allzu großes Rindvieh sein!"* „Das finde ich gut", lachte Wendy.

„Aber solche Typen kenne ich auch. Ich frage mich manchmal, wie die männliche Spezies überhaupt überleben konnte. Manche Männer haben doch nur die emotionale Intelligenz einer Pflanze und nur wenige stehen in der Nahrungskette vielleicht etwas höher."

„Und deshalb brauchen sie uns", bekräftigte Feli. „Nur begreifen tun sie das meistens zu spät."

„Oder nie", lachte Wendy. „Aber wenn ich schon dabei bin, über Männer zu lästern, wie war's denn gestern beim Tanzen?"

Judith schüttelte bedauernd den Kopf. „Wenn es nur ums Tanzen ginge, wäre ich happy. Der Mann tanzt wie ein junger Gott."

„Oh, oh und wo klemmt es?" Feli fragte als erste und Wendy setzte fort. „Ist er etwa schwul?"

Judith grinste amüsiert. „Ganz so schlimm ist es nicht. Aber er ist Beamter! Er arbeitet zwar im Sportbereich des Bezirksamtes, aber…" Wendy unterbrach sie. „Und du suchst eigentlich etwas Wilderes, Männer mit wissenden Augen und erfahrenen Händen, die zupacken können?" Judith nickte erstaunt. Besser hätte sie es auch nicht ausdrücken können.

„Vielleicht hat er ja auch andere Seiten, die du noch gar nicht kennst?"

Überrascht sahen sich alle drei nach Maja um, die von ihrer *Leseecke* ins Café kam und ihren Laptop auf den Tisch stellte. „Schwebt dir so etwas vor?"

Sie wies auf die Fotos einer Website, die einen Mann in schwarzem Leder zeigten, der lässig auf einer Harley saß und seinen Stetson in die Stirn gezogen hatte.

Auf einem anderen hielt er sich bewundernswert gut im Sattel eines Pferdes, das ziemlich wild aussah. „Wow!" Feli stöhnte vor Begeisterung. „Bei dem kann man ja unartige Tagträume bekommen, ein Hammertyp!"

„Sahneschnitte wäre ein genauso passender Name dafür", begeisterte sich auch Judith. Maja lächelte und wischte kurz über ihren Laptop.

„Und jetzt schau mal, wie er im normalen Leben aussieht."

„Das gibt es doch nicht, das ist Philipp!" Judith starrte entgeistert auf das Foto und schüttelte den Kopf, während Maja fortfuhr.

„Phil hat einen Großvater in den USA, bei dem er viel Zeit verbringt, aber sonst ist er ein langweiliger Beamter. Aber er passt!" Damit klappte sie ihren Laptop zu und ließ die drei Frauen sprachlos zurück.

Am nächsten Morgen kam Feli strahlend zu Kati ins Büro und legte ihr einige Blätter auf den Tisch.

„Das Geheimnis ist gelüftet, wir haben seine Schwachstelle."

Sie deutete auf ein Foto.

„Das ist Millie Dollar, ein Möchtegern-Model oder so etwas Ähnliches. Der Name scheint Programm zu sein. Adresse steht hier. Allerdings ist die Besitzerin der Wohnung Frau Greed oder eigentlich Alexis von Thurn, sie hat ihren Namen nicht geändert.

Und vermutlich weiß sie auch nichts über dieses Arrangement ihres Mannes. Sie ist übrigens zehn Jahre älter als er und ihr gehört das Geld, das er so bereitwillig ausgibt. Victor Greed ist ihr 4. Ehemann."

Kati betrachtete fasziniert die Unterlagen und langsam begann ein Plan in ihrem Kopf zu reifen. Die Polizei zu informieren würde nichts bringen, sie hatte keine Beweise, aber man könnte…

„Feli, du bist echt super. Das bringt uns weiter, vielen Dank."

Die lächelte nur breit.

„Ich weiß, ich bin das Beste seit der Erfindung des geschnittenen Brotes. Jetzt müssen wir nur noch herausfinden, wann er dorthin geht und dann ein paar saftige Fotos…"

„Genau das machen wir nicht", bremste Kati sie aus.

„Ich rede jetzt mit der Privatdetektivin, die Emilia empfohlen hat. Uns läuft die Zeit davon, wir brauchen endlich Sicherheit für unser Projekt. Gerade jetzt, wo wir das Erntefest vorbereiten.

Ich möchte nicht noch einmal eine solche Überraschung erleben, wie bei der Eröffnung."

Sophie Graf, die sie am frühen Nachmittag aufsuchte, war schon erstaunlich gut informiert. „Normalerweise mache ich diese Überwachungen nicht mehr, ich bin eher auf die Wiederbeschaffung von wertvollen Dingen spezialisiert. Aber die Krimifrauen brennen schon darauf, die Observation zu übernehmen, gemeinsam mit den Kindern. Oma und Enkelkind, das sieht immer harmloser aus. Ich melde mich, sobald wir ein Ergebnis haben."

Wieder zurück in ihrem Büro begann Kati gerade die neuen Mietverträge zu überfliegen, die für eine Praxisgemeinschaft von Internisten gedacht war, als ihr Telefon klingelte. Auf Empfehlung des netten Leanders fragte eine Steuerberaterin an, ob es in der *Weiberwirtschaft* noch Platz für sie und ihre Tochter gäbe. Kati vereinbarte gleich einen Termin mit ihr und freute sich. Wenn alles

klappte, könnten dann die ersten Räume über den Geschäften vermietet werden. Sie hatte den Hörer kaum aufgelegt, als Feli klopfte
und den Kopf zur Tür hereinsteckte. „Besuch für dich."
Dem erhobenen Daumen war zu entnehmen, dass ihr der Besuch
gefiel. Kati stand auf, um den ihr unbekannten Mann zu begrüßen
und ihm Platz anzubieten.
In Gedanken noch bei dem Problem Victor Greed und der aktuellen
Vermietung, betrachtete sie ihn mit abwesendem Blick. Er sah gut
aus, groß, hatte dunkelblonde Haare, eine goldgerahmte Brille und
dahinter hellgraue Augen. Er dürfte ungefähr Ende dreißig sein,
eher ein Akademikertyp. Der hätte meiner Schwester gefallen,
dachte sie.
„Was kann ich für Sie tun?" „Ich suche Sandy, meine Tochter."
Gerade war sie mit den Gedanken noch bei anderen Problemen
gewesen, aber diese Ankündigung holte sie blitzschnell in die Ge-
genwart zurück.
„Wie bitte? Ich muss mich wohl verhört haben!"
Vor Aufregung war sie aufgesprungen. „Nein, bitte", jetzt lächelte
er. „Ich wollte nicht mit der Tür ins Haus fallen. Ich weiß auch erst
seit gestern, dass ich eine Tochter habe." Kati starrte ihn sprachlos
an.
„Ich bin Dr. Keller, Dominik Keller. Hier ist meine Karte."
Er schob sie über den Schreibtisch, aber Kati fühlte sich außerstan-
de, sich auf irgendetwas anderes zu konzentrieren, als diese unge-

heuerliche Behauptung.

„Meine Schwester hat nie etwas über den Vater von Sandy verlauten lassen." Er nickte. „Das ist verständlich. Sie muss geglaubt haben, ich hätte sie vergessen. Ich kannte Susan, da war sie 17 und ich 19. Wir waren schwer verliebt und wahrscheinlich auch sehr sorglos in diesem Sommer, aber dann musste ich zum Studium in die USA. Wir hatten uns verabschiedet, weil wir wussten, dass wir keine Zukunft haben konnten, sie hier und ich viele Flugstunden entfernt. Seitdem habe ich nie wieder von ihr gehört."

„Auch nicht, dass sie schwanger war?" „Nein, und das ist etwas, was ich meiner Mutter nicht verzeihen kann. Susan hat an meine Adresse geschrieben, dass sie ein Kind erwartet, aber meine Mutter hat die Post nicht weiter geleitet. Warum sie das getan hat, kann ich sie nicht mehr fragen, ich habe sie gestern beerdigt und erst danach die Briefe von Susan und auch die Veröffentlichung über ihren Unfall gefunden."

„Die Briefe?" Katis Stimme klang gequält, so sehr versuchte sie sich zusammen zu nehmen. Dominik Keller schob ihr einige Briefe und Fotos über den Tisch. „Sie hat noch lange geschrieben und Fotos von der Kleinen geschickt. Wenn ich das gewusst hätte, wäre ich doch zurück gekommen oder hätte sie zu mir geholt. Das ist nun leider zu spät."

Kati überflog einen Brief. Das war eindeutig die Handschrift ihrer Schwester und Fotos von Sandy als Baby, am ersten Tag im Kindergarten und als dreijährige Prinzessin zum Kinderfasching.

Ihr Blick wanderte kurz zum Wasserkrug. Aber das konnte sie sich wohl sparen, der Mann sagte die Wahrheit.

„Sandy ist zurzeit nicht hier, aber ich werde mit ihr reden. Wenn sie bereit ist, Sie zu sehen, sage ich Ihnen Bescheid. Wo kann ich Sie erreichen?" Dominik zeigte auf seine Karte. „Über mein Handy erreichen Sie mich immer."

Auch als er sich schon längst verabschiedet hatte, saß Kati noch auf ihrem Platz und versuchte zu ordnen, was von ihrem Leben nach diesem Schlag noch intakt war.

Als sie später bei Emilia vorbeischaute, fühlte sie sich noch genau so hilflos, als hätte sie ihr Kind schon verloren.

„Er wird sie mir wegnehmen, ich fühle es", jammerte sie, während die Tränen schon wieder zu fließen begannen. Emilia betrachtete sie ruhig. „Glaubst du wirklich, dass du deine Sandy so schlecht erzogen hast? Traust du ihr so wenig zu?" Beschämt schüttelte Kati den Kopf. „Das würde sie wirklich nicht tun."

Emilia lächelte. „Aber das Ganze hat dich ein wenig aus der Bahn geworfen. Was macht der Mann eigentlich?"

Erst jetzt kramte Kati die Visitenkarte aus ihrer Tasche.

„Dr. Keller lehrt in Harvard Ingenieurwesen und angewandte Wissenschaften."

Emilia klatschte erfreut in die Hände. „Na, das ist doch super! Du wärst doch viel ruhiger, wenn deine Sandy auch eine erwachsene

Ansprechperson in den USA hätte. Und Harvard ist nicht so weit vom MIT entfernt, es liegt nur auf der anderen Seite des Flusses. Wenn er also der Vater ist und da warst du dir ja sicher, ist das doch eigentlich ein großer Vorteil."

Kati lächelte wieder und umarmte sie dankbar. „Wenn ich dich nicht hätte, Emilia, hätte ich die halbe Nacht gegrübelt. Jetzt werde ich Sandy erstmal eine Mail schicken. Und wenn sie einverstanden ist, kann er morgen mit ihr Skypen."

Sandy, die sich oft viel Zeit ließ, die Mails ihrer Mutter zu beantworten, meldete sich dieses Mal sofort.

„Und du bist wirklich sicher, dass er mein Vater ist? Wie sieht er aus, Mom? Sehe ich ihm ähnlich? Früher hat Mutti manchmal von ihm erzählt. Ich dachte immer, er sei eher so eine Fantasiefigur, ein Prinz, der in Amerika wohnt. Dass es ihn wirklich gibt ist toll! Kann ich morgen mit ihm Skypen?"

Nach diesen fast überschwänglichen Antworten fiel es Kati leicht, Dominik Keller für den nächsten Tag in ihr Büro zu bestellen, um den Erstkontakt zwischen Vater und Tochter zu ermöglichen.

Obwohl ihr verstandesmäßig alles klar war und es auch richtig erschien, war sie doch den ganzen Tag unruhig, obwohl sie wichtige Entscheidungen zum Erntefest zu treffen hatte. Der Vorschlag nach der erfolgreichen Eröffnung als nächstes ein Erntefest im September und Anfang Dezember ein Lichterfest zu planen, war aus der Mittwochsrunde gekommen.

So wie von Diana vorgeschlagen, trafen sich die Frauen, die Geschäfte leiteten, einmal in der Woche am Nachmittag im Brunnenraum, informierten sich gegenseitig über Neues und stimmten ihre Aktionen ab.

Neu in der Runde war Berit Thalbach, die den Second-Hand-Laden gemeinsam mit ihrer Schwester, einer bekannten Schauspielerin, führen würde. Der inzwischen erfolgten Eröffnung verdankte Kati ihr apfelgrünes Vintage-Kleid, das im Schaufenster tatsächlich die ganze Zeit auf sie gewartet hatte.

Zum Erntefest würde auch das „Bologna" endlich eröffnen. Allerdings nicht so wie andere Restaurants. Das hatten Giulia und Grazia sehr resolut erklärt.

Der Schalter für Eis, Snacks und Salate, der bisher sehr gut lief, würde bleiben und jeden Tag geöffnet sein, das Restaurant allerdings nur von Donnerstag bis Sonntag. Für die restliche Zeit setzten die beiden auf geplante Feiern, wie Hochzeiten, Geburtstage oder Firmenevents. „Wir wissen, dass die meisten unserer Kunden eher am Wochenende im Restaurant speisen wollen. Und die Zeit zwischendurch nutzen wir für besondere Aktivitäten." Das sei effizienter und vorausschaubarer, davon waren beide überzeugt. Und ganz sicher anders, als bei ihrem Vater, hatte Kati in Gedanken angefügt.

Nachdem sie sich entschieden hatte, zum Erntefest wieder die Line Dancer vom alten Bahnhof einzuladen und die vielfältigen Grillvorschläge für Fleisch und Gemüse aus dem Hofladen abgenickt hatte, kehrten ihre Gedanken ganz automatisch wieder zum Vater von Sandy zurück.

Wie musste ihre Schwester damals gelitten haben? So jung, schwanger und keine Nachricht vom Geliebten.

Kati war damals in den ersten Semestern und weit entfernt.

Um Susan hatte sich nach dem plötzlichen Tod der Eltern eine Großtante gekümmert, die mittlerweile auch nicht mehr lebte.

Aber immer, wenn Kati zu Besuch gekommen war, schien Susan glücklich zu sein und sich wirklich auf das Kind zu freuen.

Kati seufzte und strich sich über die Stirn.

Auch wenn ich damals möglicherweise etwas übersehen habe, dachte sie, ist es heute sowieso nicht mehr zu ändern.

Ich kann nur hoffen, dass sich Dominik Keller als guter Vater erweist. Sie seufzte noch einmal, weil ihre Gedanken schon wieder um das gleiche Problem kreisten. Ich brauche jetzt Ablenkung.

Aber als sie in Judiths schickem kleinem Café saß und ihren geliebten Cappuccino trank, wirkte sie immer noch sorgenvoll und in sich gekehrt. Maja, die sie vom angrenzenden Buchladen beobachtet hatte, kam herüber und strich ihr tröstend über die Schulter.

„Ich weiß nicht, ob dir dieser Mann von gestern so wichtig ist und was er angestellt hat, aber es hätte sowieso nicht gepasst."

Kati sah überrascht hoch. „Wie meinst du das?"

Maja lächelte verlegen. „Ich habe so eine eigenartige Fähigkeit, ein Gefühl dafür, was zusammenpasst, Menschen, Tiere oder auch Dinge. Dieser Mann ist ein netter Kerl, aber du musst ihm nicht nachtrauern. Er passt sowieso nicht zu dir."

Kati beugte sich interessiert vor. „Noch mal und ganz langsam, du hast so eine Art inneres Radar, das dir sagt, welches Paar wirklich zueinander passt?"

Und als Maja nickte, lachte Kati herzhaft. „Da solltest du eigentlich vor jedem Standesamt die Prüfung abnehmen dürfen, dann wären die Ehen glücklicher. Aber jetzt verstehe ich deine Idee mit der Kontaktbörse erst richtig. Du bist ja echt ein Geheimtipp!

Wenn ich jemanden ernsthaft ins Auge gefasst habe, werde ich dich fragen, ob sich die Mühe lohnt, denn Dr. Keller ist es nicht.

Er war der Freund meiner Schwester und er ist der Vater meiner adoptierten Tochter. Sandy ist zurzeit in den USA. Das ist sie."

Maja sah lächelnd auf die zahlreichen Fotos auf Katis Handy, schloss kurz die Augen und strahlte sie dann an.

„Das passt als Vater und Tochter super." „Gut zu wissen", freute sich Kati und orderte jetzt doch noch einen Beerenkuchen, den sie mit soviel Genuss verzehrte, dass sie sich beeilen musste, um pünktlich zum Termin mit der Steuerberaterin zu kommen.

Franka Waller hätte nach Katis erstem Eindruck trotz ihrer eleganten Kleidung, eher in einen Kugelstoßerring gepasst, als in einen

Bürojob, aber das schien nur äußerlich zu sein. Immerhin hatte Leander sie empfohlen.

„Wir haben ab und zu noch Kontakt und Professor Teuscher ist so angetan von Ihrem Projekt, dass er mich angerufen hat. Ich wollte schon lange aus der großen Kanzlei weg", erzählte sie Kati ganz begeistert, „und lieber mit kleineren Firmen oder auch Freiberuflern arbeiten. Wie auf Bestellung kommen jetzt zwei Dinge zusammen: Meine Tochter Franziska hat ihre Prüfungen absolviert und kann mit mir zusammen arbeiten und es gibt ein Projekt, in dem Frauen das Sagen haben. Da muss ich doch dabei sein." Nach kurzer Beratung mit Diana, die gerne die Gestaltung der Kanzlei übernahm, konnte Kati die Räume über Natalies *Glückssträhne* als erledigt abhaken.

So wie von Maja angekündigt, verlief das Kennenlernen von Tochter und Vater völlig unkompliziert. Während Kati die beiden betrachtete, die sofort ein Herz und eine Seele waren, fiel ihr jetzt auch die Ähnlichkeit auf.

Die gleichen grauen Augen, die gleichen Gesten und bei beiden das Grübchen im rechten Mundwinkel, wenn sie lachten.

Und das taten sie oft, von Fremdheit keine Spur. Aber Sandy achtete auch wie immer sehr genau auf die Reaktionen ihrer Mutter und bezog sie ein, was Kati wirklich beruhigte.

In den nächsten Tagen widmete sie sich daher voll und ganz der Vorbereitung des Erntefestes. Diesmal musste sie einiges mehr bedenken, als beim *Urlaubstag im Mühlengrund*. Die Eröffnung des *Bologna* würde vermutlich einige Promis und vor allem Presse anlocken und sie musste für die Sicherheit sorgen, obwohl noch so vieles ungeklärt war.

Hoffentlich lieferte Sophie Graf bald Ergebnisse, dann hätte sie eine große Sorge weniger.

Am Abend des gleichen Tages stand Flora Berger aufgeregt im kleinen Café und wartete auf Interessentinnen für ihren Strickkurs.

Hoffentlich lässt sich überhaupt jemand blicken, dachte sie verzagt und spähte aus den Fenstern. Natürlich könnten Leute an so einem schönen Sommerabend auch etwas Interessanteres machen, als Stricken. Gerade als sie sich etwas enttäuscht, möglichst unbemerkt zurückziehen wollte, öffnete sich die Tür und drei Frauen schoben sich herein. Zwei schienen die sechzig überschritten zu haben, eine sah aus, als hätte sie gerade die 10. Klasse abgeschlossen.

Flora stellte sich vor und fragte vorsichtig nach. „Wer von Ihnen möchte eigentlich Stricken lernen?"

Es stellte sich heraus, dass alle schon ziemlich geübte Strickerinnen waren, deshalb entschied Flora kurzerhand, die Zusammenkunft als Strickclub fortzusetzen.

Nachdem sie alle mit dem vorbereiteten Tee versorgt hatte und die ersten bereits ihre Nadeln oder das begonnenes Strickzeug auspackten, stellte sie kurz einige Angebote ihres Geschäftes vor und fast wie von selbst entspann sich ein interessantes Gespräch darüber, ob Schurwolle, Mohair oder Kaschmir das bessere Material wäre, ob man mit Bambusnadeln angenehmer strickte, als mit Metall und ob das Dornröschen-Muster noch zeitgemäß wäre.

Jede der Frauen hatte andere Gründe, gerne und viel zu stricken.

Die rothaarige Marla, die zwei Straßen weiter wohnte, hatte früher eine große Buchhaltung geleitet, litt aber an Langeweile, seit sie in Rente gegangen war. Maja, bei deren Kontaktbörse sie sich zuerst gemeldet hatte, empfahl ihr dann Floras Kurs. „Erst habe ich für meine Familie gestrickt, die haben sich anfangs gefreut, aber jetzt Null Interesse an Selbstgestricktem. Deshalb dachte ich, jetzt sollte mal was Anspruchsvolleres kommen. Vielleicht was Schickes, was man auch verkaufen könnte?"

„Da wäre ich auch dabei, vielleicht einen Poncho? Die sind im Moment mächtig in". Pauline, die ihre schwarzen Haare ähnlich trug wie Feli und gerade eine Ausbildung in einem Textilgroßhandel begonnen hatte, strickte gerne, seit sie es bei ihrer Oma gelernt und oft mit ihr zusammengesessen hatte. Das vermisste sie jetzt nach dem Tod der Großmutter sehr. „Und meine Mutter kann nicht mal Maschen aufnehmen, da komme ich nicht weiter."

Die dritte Frau, die ihre graumelierten, dunkelblonden Haare hochgesteckt trug, schwieg. Erst als sie von Flora aufgefordert wurde, erklärte sie leise. „Ich heiße Adelheid und ich würde gerne mit anderen gemeinsam stricken, weil ich sonst kaum jemanden kenne. Ich lebe schon zwanzig Jahre hier, seit wir aus Jekaterinenburg gekommen sind, aber ich kenne nur die Verkäuferin im Supermarkt und auch die nur vom Sehen."

„Du bist Russin und da heißt du Adelheid?", fragte Marla, da ihr der Akzent aufgefallen war.

„Ich bin Wolgadeutsche, schon immer gewesen. Meine Mutter hat mich nach Adelheid genannt, der späteren Kaiserin an der Seite Otto, des I., die im 10. Jahrhundert lebten. Aber nicht nur der Name war immer ein Problem, wir gehörten nie dazu. Dort in Jekaterinenburg waren wir die Deutschen und hier sind wir die Russen."

„Mach dir darüber keinen Kopf", rief Marla. „Jetzt gehörst du zu uns. Aber ich werde dich Heidi nennen, denn Kaiserinnen brauchen wir hier nicht."

„Aber interessant ist doch", überlegte Flora, „dass es bei uns wirklich Zeiten gegeben hat, wo Frauen schon regieren durften."

„Und es ist eine Schande, dass es heute immer noch Leute gibt, die bezweifeln, dass Frauen die besseren Chefs wären", ergänzte Marla. „Hier zum Glück nicht! Deshalb hat mich der Name eurer *Weiberwirtschaft* angezogen. Ich war auch zur Eröffnung schon hier. Der *Urlaubstag im Mühlengrund* war eine tolle Idee."

„Und demnächst wird es ein Erntefest geben", verriet Flora. „Lasst uns gemeinsam überlegen, was wir dort anbieten könnten."

Als Kati einige Tage später bei allen Geschäften die besonderen Angebote für das Erntefest begutachtete, wurde sie von Berit und Natalie noch mit einem besonderen Vorschlag überrascht.

„Ich mache doch eine kleine Modenschau am späten Nachmittag. Maja, Judith, Wendy und Natalie werden meine Models sein, genauso wie Betty und Lissy für die Kindermode. Dabei hatten wir die Idee, ein Umstyling für eine Frau als Preis auszuschreiben, also Frisur, Make up und ein passendes Out fit." „Dafür sollten wir eine Tombola nur für Frauen organisieren und die Lose vorher schon verkaufen. Solche Vorher-Nachher-Aktionen sind sehr beliebt", setzte Natalie fort. „Da machen bestimmt viele mit. Und für die Einnahmen findest du sicher einen guten Zweck."

„Das ist eine Super-Idee." Kati hob anerkennend den Daumen.

„Was genau ihr da macht, überlasse ich euch. Denkt auf jeden Fall daran, euch die Fotos genehmigen zu lassen, dann können wir sie auf unserer Website nutzen und du auch für deinen Blog."

Kati machte sich Notizen.

„Lose bereite ich vor und einen möglichen Empfänger habe ich auch. In der Schule, die hinter der Haltestelle der Tram liegt, gibt es ein Marching-Band, die nur aus Mädchen zwischen 12 und 15 besteht. Sowas habt ihr bestimmt schon mal bei den großen Paraden in den USA gesehen. Die habe ich für den Beginn unseres Erntefestes eingeplant. Wenn ich denen sagen kann, dass sie auch noch Geld für neue Kostüme bekommen, machen die Luftsprünge."

9. Kapitel,

in dem das Erntefest beinahe in Flammen aufgeht, Geheimnisse
aufgedeckt werden und die Liebe sich im *Mühlengrund* ausbreitet

Immer wenn Kati in den nächsten Tagen ihren Ordner *Erntefest* zur
Hand nahm, konnte sie wieder etwas als erledigt abhaken. Das
Wetter schien sich ihrem Optimismus anzupassen, so als ob der
Sommer nie zu Ende gehen würde. Jeden Morgen, wenn sie kam,
hatte Hajo schon den kleinen Rasen und die unzähligen Rosen ge-
wässert, die verschwenderisch dufteten. Sie atmete tief die blumige
Luft ein, wenn sie ihren Rundgang durch die Geschäfte machte.
Alles lief gut. Manchmal erinnerte sie sich daran, wie unzufrieden
sie früher gewesen war, immer wieder die gleichen Probleme zu
hören, ohne dass sich wirklich etwas änderte.
Ich hätte schon viel früher den Mumm haben sollen zu wechseln,
dachte sie oft ironisch. Denn eigentlich hatte sie ähnlich gehandelt,
wie viele ihrer Klienten, sie hatte sich geärgert, beim Kaffeetrinken
mit Jessica geschimpft, aber dennoch nichts Konkretes unternom-
men.
Aber das, was sie jetzt machte, was sie hauptsächlich einem Zufall
und einer Extraportion Mut verdankte, machte sie glücklich und
zufrieden.
Trotz einiger Schwierigkeiten würde sie nicht mehr tauschen wollen. Probleme waren normal und solange man gute Leute oder eigentlich schon gute Freunde hatte, die halfen sie zu lösen, die Rat-

schläge gaben und auch mit anpackten, konnte man alles in den Griff bekommen. Auch einen Victor Greed und seine bösartigen Angriffe.

Am Freitagmorgen vor dem Erntefest kam endlich die erlösende Information von Sophie Graf. „Wir haben ihn, ich könnte die Fotos gleich vorbei bringen."

Als Kati die eindeutigen Bettszenen im Großformat betrachtete, war sie echt beeindruckt. „Wie habt ihr das gemacht? Das ist so deutlich, als hätte jemand daneben gestanden."

Sophie Graf lächelte erfreut, verwies aber gleich auf den Anteil der Beobachter. „Das Entscheidende war, den Rhythmus heraus zu finden, nach dem er sie besucht. Das haben die Krimifrauen und die kleinen Detektive ganz versiert gemacht. Der Rest ist Technik, aber die überzeugt am meisten."

„Sie wird auch seine Frau überzeugen, ich rufe sie gleich an. Und für morgen seid ihr alle zu einer großen Kaffeetafel eingeladen. Wir treffen uns nach Emilias Lesung hier im Brunnenraum. Da habe ich unsere Retter gleich alle zusammen."

Der anschließende Anruf bei Alexis von Thurn lief genauso ab, wie ihn Kati zur Sicherheit vorher durchgespielt hatte. Die Dame war neugierig, würde aber erst eine Woche nach dem Erntefest vorbeikommen können, da sie außer Landes war.

Bevor Kati am Abend das Gelände verließ, kontrollierte sie noch einmal die Türen und den Platz. Alles war ordentlich und sauber. Morgen konnte ein schöner Tag werden.

Drei Stunden später klingelte ihr Telefon. Sie schreckte hoch, da sie bei einem langweiligen Krimi eingenickt war. Kalle war bemüht ruhig am Telefon.

„Er hat es schon wieder versucht! Irgend so ein Mistkerl hat einen Haufen Laub auf unseren Platz geschüttet und angezündet. Die alte Frau Müller, für die ich einkaufe, hat das gesehen und mich alarmiert. Wir haben jetzt alles im Griff, bloß die Feuerlöscher müssten erneuert werden."

Kati holte tief Luft und unterdrückte ihre Wut. In einer Woche würde sie diesem Problem ein Ende bereiten. Victor Greed würde es nicht schaffen!

Als sie fragte, ob sie gebraucht würde, wehrte Kalle ab. „Chefin, das ist nicht nötig. Hajo und Fietje fegen gerade den Platz und dann halten wir Wache."

Als Kati am nächsten Morgen früher als sonst durch den Torbogen trat, sah sie die drei vor dem Kellereingang aneinander gelehnt sitzen und fest schlafen. Leise ging sie vorbei, zog nur die herunter gerutschte Decke wieder hoch und ging in ihr Büro.

Als sie mit drei Bechern Kaffee zurück kam, wachten sie gerade auf. Kalle salutierte lässig mit zwei Fingern an der Schläfe.

„Melde, keine besonderen Vorkommnisse mehr. Es ist alles in Ordnung!"

Kati strahlte sie an. „Ihr seid wirklich die Besten! Dafür wird Victor Greed bezahlen. Nächste Woche mache ich Nägel mit Köpfen, ihr dürft gespannt sein. So und jetzt haut ihr euch noch ein paar Stunden aufs Ohr und später holt ihr euch was Gutes zu essen." Mit diesen Worten reichte sie ihnen drei Gutscheine für das Gesamtangebot und wandte sich wieder ihren Vorbereitungen zu, bis sie von Wendy unterbrochen wurde, die freudestrahlend in ihr Zimmer stürmte.

„Ich habe mich gestern mit meiner Mutter versöhnt und kenne jetzt die ganze Vorgeschichte."

Kati sah sie nur fragend an, aber Wendy hätte sowieso in ihrem überschäumenden Tempo weitergesprochen.

„Meine Mutter war dagegen, dass ich dieses Erbe antrete, weil sie Angst um mich hatte. Onkel Linus hat ihr erzählt, dass er das Wasser verkaufen wollte. Ohne böse Absicht, er war eben Geschäftsmann. Ab da hatte er Pech und wurde sogar unheilbar krank, deshalb hat er die Tür zugemauert, damit mir nicht das Gleiche passiert. Ich konnte sie beruhigen, dass wir das glückbringende Wasser eigentlich nur gepachtet haben. Denn verkaufen werden wir es sicher nie."

Trotz aller Störversuche lief das Erntefest wie geplant.

Die Mädchen mit ihren Querpfeifen und Trommeln, hatten vor Freude schon eine Extrarunde im Kiez gedreht, bevor sie mit einer schmucken Majorette an der Spitze auf den Platz marschierten, wo das Fest eröffnet wurde.

Nachdem Kati alle begrüßt und mit Lissys und Bettys Hilfe, die Gewinnerin der Tombola für das Umstyling ermittelt hatte, wurden die Stände gestürmt.

Aber Judith, Flora, Anke und die anderen waren hervorragend gewappnet. Alle hatten sich dem Thema Ernte gut angepasst.

Große Strohballen dienten als Sitzflächen, der Drache über dem Mühlenrad trug eine Erntekrone, dank Dianas geschickten Händen.

Die Frauen, die an den Ständen ihre Ware anpriesen, hätten mühelos einen Katalog für Landhausmode füllen können. Alles war ländlich und urig.

Die Einweihung des *Bologna* verlief dagegen deutlich stilvoller. Links und rechts neben der Treppe standen jetzt große Töpfe mit Zypressen. Das geschwungene Treppengeländer war am unteren Teil mit Bändern in grün-weiß-rot abgesperrt, die von den Schwestern Corelli mit großen Gesten und temperamentvollen Worten durchschnitten wurden, bevor sie nach oben gingen.

Dann folgten die Premierengäste, um zunächst das gelungene Ambiente zu bewundern, so wie das Kati schon am Tag zuvor getan hatte. Der Bruder der beiden schien ein echter Künstler zu sein, denn das Wandgemälde, das einem die Illusion vermittelte auf der bekannten Piazza Maggiore mit dem berühmten Neptun-Brunnen mitten in Bologna zu sein, stammte von ihm.

Wie schon beim *Urlaubstag im Mühlengrund* nutzten viele Anwohner das breite Angebot auf dem Platz und die Düfte, die von
Ankes Grill kamen, sorgten schon für die erste Schlange.

Gleich daneben hielten Judith und Freya die extra für das Erntefest
gebackenen dunklen Vollkornbrötchen, die Schusterjungen, bereit,
die sie mit duftendem Zwiebelschmalz aus dem *Hofladen* bestri-
chen hatten. Das Angebot für Vegetarier hatte Freya besonders
liebevoll hervorgehoben. Und natürlich gab es auch ihren mittlerweile schon berühmten Beerenkuchen.

Auf der anderen Seite bastelte Diana mit Kindern und ihren Eltern
Herbstschmuck für die Wohnung, gab Einrichtungstipps und erläu-
terte dabei sehr geschickt auch ihr Angebot für die *Sorglos-
Renovierung im Urlaub.*

Kati machte ihren Rundgang und sah durch das Fenster des Salons
Glückssträhne, dass Natalie und Berit intensiv mit dem Umstyling
beschäftigt waren.

Die Leute drängten neugierig an die Stände, während die Marching-Band mit mehr Begeisterung als Notensicherheit spielte, aber
immerhin wirbelte die Majorette ihr Stöckchen sehr geschickt.

An Floras Stand war heute auch mehr los.

Vielleicht zogen die leuchtenden Farben der Wolle mehr Frauen an,
vielleicht auch die Gelegenheit, an ein ganz besonderes Geschenk
zu kommen.

Flora hatte mit den Frauen von ihrem Strickklub einiges vorbereitet. Da gab es wunderbar weiche Schals für Kinder und Erwachsene und sogar gehäkelte Ponchos.

Für alle, die das nacharbeiten wollten, hielt sie passende Wolle-Packungen mit Nadeln und Anleitungen bereit.

Pünktlich um 13.00 Uhr begann die Lesung, bei der Emilia ihre Krimi-Geschichten „Reingelegt!"vorstellte, zu der nicht nur die Krimifrauen vom alten Bahnhof und die kleinen Detektive erschienen, sondern auch viele Anwohner.

Emilia war wie immer die Ruhe selbst, als sie jedoch ehemalige Kollegen aus ihrer Universität sah, stöhnte sie. „Ich bin nervöser als bei meiner ersten Vorlesung!" „So kenne ich dich gar nicht", lachte Kati. „Du wirst sie sprachlos machen, davon bin ich überzeugt."

Und nach einem letzten *Toi,toi,toi* über die Schulter, schlich sich Kati auf ihren Platz, während Maja die Lesung eröffnete.

Obwohl Emilias Geschichten sehr spannend waren, konnte Kati sie nicht richtig genießen, hoffentlich lief draußen alles so wie geplant. Nachdem eine glückliche Emilia das Buch schloss und der Beifall aufbrandete, huschte Kati nach draußen.

Auf der kleinen Bühne begann gerade das Programm der *Herbstzeitlosen*, die als älteste Singegruppe der Stadt angekündigt wurden und einen beeindruckenden Altersdurchschnitt von 76 Jahren aufwiesen. Die Dirigentin mit den weißen Haaren sollte sogar schon über 90 sein, hatte man Kati erzählt.

Als sie aber die ersten Lieder über den Sommer und die Ernte anstimmten, lauschten die Zuhörer überrascht, wie jung, klar und kraftvoll diese Stimmen klangen. Wenn ich in dem Alter bin, möchte ich auch noch so unternehmungslustig sein, dachte Kati. Ob ich allerding so schön singen kann, muss ich abwarten. Sie hörte noch eine Weile den Liedern und Scherzen zu und wandte sich dann zum Eingang des Brunnenraums.

Dort hatte Feli eine beeindruckende detektivische Kaffeetafel vorbereitet. Es gab zwar den berühmten Beerenkuchen aus *Judiths Backstube*, aber auch eine *Miss-Marple-Torte*. Sogar die Servietten trugen Sherlock-Holmes-Motive.

Nachdem Kati allen für ihren Einsatz gedankt und Gutscheine verteilt hatte, wurde selbstverständlich über die gerade gehörten Fälle und die abgelaufene Aktion diskutiert, die für einige doch eher enttäuschend war.

„Ich habe den Verbrecher überhaupt nicht gesehen", klagte Betty. „Oma Christiane und ich waren so überzeugend und dann kam er nicht."

„Ich habe ihn zwar gesehen, als ich wieder mit Oma Laura unterwegs war", rief Sporty. „Aber wir durften ja gar nichts machen. Letztes Jahr als ich den Hundehasser angefahren habe, das war noch Action!"

„Beim nächsten großen Fall seid ihr bestimmt wieder dabei", tröstete sie Sophie. „Aber hier kam es darauf an, unauffällig zu bleiben, um ihn nicht zu warnen. Das ist viel schwerer, aber ihr habt das toll gemacht."

Während die Erwachsenen noch ihre Gedanken zur Lesung austauschten, waren die Kinder schon wieder unterwegs.

Betty und Lissy mussten sich für die Modenschau vorbereiten, während alle anderen Sporty zum kleinen Parkplatz folgten, wo Ankes Mann neben dem Kühlcontainer, in dem Obst und Gemüse transportiert wurde, ein Bogenschießen organisiert hatte, um Schützenkönige zu ermitteln.

Die Titel für die Erwachsenen waren inzwischen schon vergeben und deren stolze Besitzer konnten mit gravierten Preis-Gläsern, bereits vor ihren Freunden angeben.

Gerade begann der Wettkampf für die Kinder. Für die meisten erwies sich das Bogenschießen als gar nicht so einfach, wie es aussah. Noddy und Tanja waren schon glücklich darüber, überhaupt die Scheibe getroffen zu haben, während sich Fritzi, Sporty und Ben einen heftigen Kampf mit zwei Jungs lieferten, die in der Nähe wohnten.

Zum Schluss kämpften nur noch Sporty und seine Schwester, bevor Fritzi mit hauchdünnem Vorsprung, als neue Kinder-Schützenkönigin den Siegerpreis, die „längste Wurst der Welt" in Empfang nehmen konnte.

Ankes Mann überreichte sie ihr mit einem Augenzwinkern. „Mein Großvater hat immer gesagt, diese lange Wurst wird nur angeschnitten, wenn die Welt untergeht oder du ganz großen Hunger hast." Sporty, der als Ausgleich anschließend das Lasso-Werfen gewann, freute sich mit seiner Schwester, so als hätte er selbst gewonnen.

Inzwischen wurde auf dem Platz die junge Mutter begeistert gefeiert, die sich nach dem Umstyling wie ein Star fühlen konnte und die Modenschau eröffnete, während danach alle Freizeit-Models Kleider aus Berits fantastischem Angebot präsentierten.

Kati, die genauso wie die Umstehenden begeistert klatschte, sah aus den Augenwinkeln, dass einige Frauen höchst interessiert an den Fenstern des Restaurants standen. War das jetzt ein gutes oder ein schlechtes Zeichen für das *Bologna*?

Während sich die Kinder, inzwischen schon wieder hungrig, mit ihren Gutscheinen auf das Angebot des *Hofladens* stürzten, beobachtete Kati immer noch mit gemischten Gefühlen, wie die prominenten Gäste des *Bologna* jetzt das Restaurant verließen.

Aber Vater Corelli schien ebenso zufrieden zu sein, wie die Promis und die Presse.

Hoffentlich reichen unsere Vorräte, überlegte Kati noch, als sie sah wie einige Frauen aus dem *Bologna* kommend, Berits Laden stürmten und andere an Floras Stand drängten. Doch ihre Sorge war umsonst. Berit musste ein Riesenangebot gehabt haben, da sie mit dem Verkauf sehr zufrieden, schon wieder die Regale und Kleiderständer auffüllte, als Kati vorbei kam.

Floras Angebot dagegen war restlos ausverkauft, am Stand gab es nur noch zufriedene und stolze Strickerinnen.

„Das war wirklich eine gute Idee", freute sich Flora. „Es haben so viele nach dem Wollepaket mit Strickanleitung gefragt, das muss Feli unbedingt in unser Internet-Angebot einstellen."

Hinter der Backstube waren Maja und Judith gerade dabei sich umzuziehen und auf ihr Tanz-Debüt vorzubereiten. Judith, die stolz ihren neuen Petticoat trug und ihren Hut probierte, strahlte schon den ganzen Tag, bis Maja sie drängte. „Jetzt erzähl schon. Hat es funktioniert? Ich war mir so sicher, sag jetzt nicht, dass es ein Reinfall war."

„Sag ich doch auch nicht." Judith konnte ihr breites Grinsen einfach nicht unterdrücken.

„Es war spektakulär! Gut, ich habe keine Sterne gesehen, wie bei dir, aber sobald er mich auf diese besondere Weise angesehen hat, wurden meine Knie weich und auch der Rest meines Körpers war nicht uninteressiert. Es wurde eine wirklich lange Nacht, vermutlich die schönste in meinem Leben."

„Und jetzt sind alle deine winzigen Körperzellen dabei Dankeskarten zu schicken und auf eine Wiederholung zu hoffen?"

Judith nickte lachend. „Und die gibt es mit Sicherheit. Diesen Mann gebe ich nie wieder her, auch wenn mir der Rest der Frauen deswegen wirklich leid tut."

Inzwischen hatte auch der Hofladen seine Vorräte wieder nachge-
füllt und als die Line Dancer einmarschierten, duftete es nicht nur
vom Grill, sondern auch nach Kirsch- und Holunderpunsch.

Nachdem die meisten Gäste sich verabschiedet hatten, waren die
Frauen und die Anwohner fast unter sich.

Auf Majas Anregung gab es jetzt neben der kleinen mobilen Bühne
ein Podest aus Europaletten, auf denen die Line Dancer jetzt nach
Bandmusik auch mit anderen Partnern tanzen konnten.

Davon machten Lars und Philipp sofort Gebrauch und Maja und
Judith mit neuen Hüten und viel Begeisterung, konnten stolz zeigen, was sie inzwischen gelernt hatten, während Freya ein achtsames Auge auf beide Läden hatte. Nach geduldiger Anleitung von
Lars, tanzten danach die Kinder genauso begeistert wie Kalle, Fietje und auch einige Anwohner zum ersten Mal in ihrem Leben einen
Canadian Stomp.

Kati freute sich, wenn sie Maja und Lars oder Judith und Philip
betrachtete, die nicht nur beim Tanzen jeden wissen ließen, dass sie
zusammengehörten, aber manchmal hatte sie dabei auch ein son-
derbares Gefühl, dass sie anfangs nicht einordnen konnte.

Neid? Nein, sie beneidete die beiden nicht um ihr Glück, einen
Seelenpartner gefunden zu haben.

Es war eher die Sehnsucht danach, endlich auch wieder jemanden
an der Seite zu haben, in dessen Augen man die ganze Welt war.

Als dann auch noch Wendy von einem gut aussehenden Berufskollegen abgeholt wurde, hatte sie fast Beklemmungen, wenn sie an ihre einsame Wohnung dachte. Noch nie hatte sie sich so alleine gefühlt. Wendy stellte ihn ihr stolz als *mein Christian* vor und flüsterte: „Er hat den *Maja-TÜV* bestanden. Es passt."

So viele Verliebte! Kati sah sich seufzend um, blieben noch sie und Feli, an denen dieses Glück vorbei gegangen war.

Das musste sich ändern. Wenn die Sache mit Victor Greed vom Tisch ist, werde ich mich ernsthaft darum kümmern.

Vielleicht auch mit Majas Hilfe, warum eigentlich nicht?

Dieser Gedanke beschäftigte sie auch noch am Sonntag während ihrer Hausarbeit immer wieder.

Wen hätte ich denn gerne an meiner Seite? Was müsste er haben, um genau der Richtige für mich zu sein?

Auf jeden Fall muss er Humor haben, überlegte sie. Auf jemanden, der zum Lachen in den Keller geht, kann ich verzichten.

Und man müsste sich gut mit ihm unterhalten können, so wie damals mit Stephan. Sie kannte viele Ehen, in denen sich die Partner schon nach kurzer Zeit anschwiegen. Aber sie hatten damals Stunden geredet, ohne dass einem langweilig geworden wäre. Natürlich müsste er auch so nett sein, treu sowieso, auch schwer verliebt in sie und…

Wenn sie ganz ehrlich war, sollte er in allem so sein wie Stephan.

Aber wo sollte sie dieses Fabelwesen von Doppelgänger finden?

Sie schüttelte den Kopf.

Manchmal musste sie sich innerlich zur Ordnung rufen. Frauen über 30 wurden doch eher vom Blitz getroffen, als dass sie genau den Richtigen fanden! Aber vielleicht bringt mir ja das Brunnenwasser auch dieses Glück, wer weiß das schon so genau?

10. Kapitel,

in dem die *Weiberwirtschaft* die drohende Gefahr endlich besiegt

und alte Bekanntschaften erneuert werden

An dem alles entscheidenden Tag, dem Treffen mit Alexis von Thurn, begann Kati wieder etwas früher mit ihrer Arbeit, blieb aber schon begeistert vom Anblick stehen, als sie durch den Torbogen kam. Seit dem Erntefest war das Wetter doch etwas herbstlicher geworden. Es war schon ziemlich kühl am Morgen, aber die Sonne ließ das Laub der Essigbäume so intensiv in rot und orange leuchten, dass man es einfach bewundern musste. Was ist schon Indian Summer gegen dieses Farbenspiel, dachte sie, als sie den Kontrast des roten Laubes vor dem grün-goldenen des japanischen Zierahorns sah.

Auch der wilde Wein, der an den Frontwänden empor wucherte, setzte eigene rot-goldene Akzente gegen den dunkelgrünen Efeu. Einfach schön! Es ist zu jeder Jahreszeit ein Genuss, hier einzukaufen oder Essen zu gehen. Hoffentlich sieht das Frau von Thurn auch so!

Und das tat sie tatsächlich, nachdem sie am späten Vormittag ganz in Weiß mit einem weißen Mercedes vorgefahren war.

Kati hatte sie schon auf dem Parkplatz begrüßt, um ihr den *Mühlengrund* zu präsentieren.

Alexis von Thurn, die große Ähnlichkeit mit Brigitte Nielsen aufwies, blieb beeindruckt stehen, um das Farbenspiel des ersten

Herbstlaubs mit den weißen Mauern und das beruhigende Plätschern des Brunnens aufzunehmen. „Sie haben hier ein überraschend schönes Areal geschaffen."

Sie verzog das Gesicht zu etwas, das ein Lächeln hätte werden können, wenn ihr die plastische Chirurgie dazu nur die geringste Chance gelassen hätte. Kati lächelte dafür umso breiter.

„Wir finden auch, dass das ein wunderbarer Platz ist, den wir auch gerne behalten würden."

Etwas irritiert wandte sich ihr Frau von Thurn zu. „Um Immobilien kümmert sich mein Mann."

Ungerührt antwortete Kati. „Auch das wissen wir, aber muss es so bleiben? Wir sollten in meinem Büro weitersprechen."

Nach genau zwanzig Minuten war das Gespräch beendet und die Dame rauschte in Richtung Auto, als sie Berits Schaufenster entdeckte und sofort darauf zusteuerte. Kati, Wendy und Feli verfolgten den Abgang vom Fenster.

„Sobald sie wegfährt, treffen wir uns alle im Brunnenraum, dann erzähle ich euch alles."

Feli salutierte und setzte die *Weiberwirtschafts*-Informationskette in Gang. Es dauerte noch einmal dreißig Minuten bis Alexis von Thurn mit mehreren exklusiven Tragetaschen das Geschäft verließ und ihren Wagen vom Gelände steuerte.

Im Brunnenraum warteten schon alle, die eine Vertretung oder mindestens ein achtsames Augenpaar in ihrem Laden hatten, neugierig und auch ein wenig sorgenvoll. War der Spuk nun wirklich zu Ende und alles ausgestanden? Hatten sie hier eine Zukunft oder gab es immer noch Probleme?

Kati, Wendy und Feli kamen strahlend in den Brunnenraum und schöpften zunächst frisches Brunnenwasser für alle.

Dann erschienen Kalle, Hajo und Fietje und ließen die Sektkorken knallen.

„Es ist vorbei", rief Kati glücklich und aufgeregt zugleich.

„Victor Greed ist für uns kein Problem mehr, er ist erledigt! Ihr wisst, dass wir nach seiner Schwachstelle gesucht haben, um ihn zu stoppen. Das hat lange gedauert. Ohne deinen Sohn, Flora, und seinen Freund, hätten wir nicht mal einen Ansatzpunkt gehabt. Mit den Fotos, die die Kinder gefunden haben, hat Feli gezaubert und den Namen der Geliebten gefunden. Und mit Hilfe der kleinen Detektive, der Krimifrauen und einer Privatdetektivin sind wir zu so überzeugenden Fotos gekommen, die ich heute seiner Frau präsentiert habe." „Natürlich hat sie zwischendurch unser Brunnenwasser getrunken", rief Feli. „Ich hatte extra einen Kristallkrug besorgt." „Das war wirklich wichtig", erklärte Kati. „Wir müssen uns ja auf das, was sie sagt, verlassen können. Ich hatte mit einem Gefühlsausbruch gerechnet, aber die war sowas von cool. Sie hat die Fotos betrachtet und gesagt: *Der gute Victor. Hat er einmal zu oft geglaubt, dass ihm die Sonne aus seinem knochigen Hintern scheint?"*

In das Gelächter der Anwesenden setzte Kati fort. „Dann hat sie ihr Handy gezückt und jemanden, vermutlich einen Anwalt, noch für heute in ihr Haus bestellt.

Danach hat sie mich mit diesen kühlen, eisblauen Augen angesehen und in einem Ton, der einen schaudern lässt, gesagt. *„Ich kann viel verzeihen, aber Verrat dulde ich nicht. Und Hengste kann man austauschen. Bye,* bye *Victor.* Dann hat sie mir immer noch völlig emotionslos die Hand geschüttelt. *Ihnen danke ich für diese Geste von Frau zu Frau. Ihr Mühlengrund ist jetzt sicher.* Danach ist sie sofort zu Berit gerauscht." „Und hat mir mehr als einen Tagesumsatz beschert", rief Berit. „Von mir aus kann sie gerne wiederkommen."

„Trinken wir darauf, dass die *Weiberwirtschaft* bleibt", schlug Diana vor und alle schlossen sich an.

Bevor sie in ihre Läden zurück gingen, wandte sich Maja an Flora. „Ich habe jemanden in meiner Kontaktdatei, den würde ich auch gerne überprüfen lassen. Meinst du dein Sohn würde das auch übernehmen?"

Die lächelte und reichte ihr die Handynummer. „Das macht er bestimmt, aber nur gegen ein kleines Honorar. Du weißt, sie nehmen ihr Sparprogramm sehr ernst."

„Vielleicht sollte ich auch mal damit anfangen", lachte Maja.

„Es stehen bald größere Feierlichkeiten an. Schade, dass wir keine Hochzeitsplanerin haben."

Flora blieb vor Überraschung der Mund offen stehen, dann hatte sie eine Idee und beschloss, sich mit Diana zu beraten.

Den nächsten Rundgang nach einigen Tagen trat Kati viel gelöster an, seit sie Victor Greeds kriminelle Habgier nicht mehr fürchten musste.

Jetzt konnte es zügig vorwärts gehen. Inzwischen waren auch Franka und Franziska in ihr Steuerberatungsbüro eingezogen und erleichterten mit ihrem Angebot vielen Geschäftsinhaberinnen die lästige Buchführung.

In dem Trakt, den Kati insgeheim schon das Ärztehaus nannte, sah sie, dass sich neben der Zahnärztin und der Frauenärztin, die bereits praktizierten, auch schon die HNO- und die Augenärztin einrichteten.

Nächste Woche würden die Internisten einziehen und nach langen Bemühungen auch die kleine Apotheke.

Darauf war sie besonders stolz. Es hatte sie in den letzten Tagen viel Zeit und Überzeugungskraft gekostet, die junge Apothekerin Amelie aus ihrer Internetapotheke im Gewerbegebiet heraus zu locken. Mit der jetzigen Lösung blieben dort noch zwei Fachkräfte um die Bestellungen zu erledigen und Amelie öffnete die *Kleine Apotheke im Mühlengrund* nachmittags für die Anwohner und alle, die bereits über das Telefon oder Internet bestellt hatten.

In Floras Laden stand überraschenderweise nur ihre Tochter hinter dem Ladentisch und verwies sie an Dianas Büro, in dem etwas

Wichtiges beraten würde.

Bei Maja herrschte gerade Käuferandrang, also ging sie weiter. Bei Judith in der Backstube stapelten sich die Pakete.

„Die holen Sporty und Fritzi heute noch ab und bringen sie zur Post. Zurzeit können wir uns vor Bestellungen kaum retten, was soll das erst Weihnachten werden?"

Trotz der Klage grinste Judith zufrieden. „Ich habe ein Plätzchen-Sortiment zusammengestellt, das ist einfach der Renner! Und seit wir diesen gierigen Miethai los sind, macht es uns noch mehr Spaß."

„Den sind wir wirklich los", bestätigte Kati. „Feli hat bei ihren Quellen recherchiert und sagt, er sei wahrscheinlich wieder ins Ausland gegangen. Alexis von Thurn scheint keine halben Sachen zu machen. Aber offiziell ist es noch nicht."

Als sie in Richtung von Berits *Trash-Chic* ging, krachte es plötz-lich, dann splitterte Glas und jemand schimpfte höchst tempera-mentvoll auf italienisch.

Sie überlegte gerade, ob sie eingreifen sollte, als Freya mit weiteren Paketen aus der Backstube trat. Sie lächelte, als sie Katis bestürzte Miene sah.

„Das sind Drama-Queens alle beide. Erst streiten sie, dann werfen sie etwas an die Wand und dann vertragen sie sich wieder. Und das alles innerhalb von 5 Minuten."

Kati schaute noch etwas ungläubig, entspannte sich aber, als aus dem *Bologna* Gesang erklang, *Bella ciao* und zweistimmig.

Also alles wieder in Ordnung!

Gerade als sie aufatmete, fuhr Sporty mit seinem Fahrrad auf den *Mühlengrund*, um die Pakete abzuholen. Wie immer folgte danach auch seine Schwester. Er sprang vom Rad und kam ein wenig unschlüssig auf sie zu.

„Kann ich Sie etwas fragen?" Kati nickte nur. „Sie machen doch im Dezember ein Lichterfest mit Verkaufsständen. Könnten wir da auch einen Stand haben?"

Sie schaute ihn überrascht an. „Was willst du denn verkaufen?"

„Einen Löffel."

Jetzt musste sie lachen. „Du brauchst einen Stand, um einen Löffel zu verkaufen?" „Nein." Er verdrehte die Augen. Wie begriffsstutzig konnten denn Erwachsene sein?

„Noddy hat einen Löffel entwickelt, mit dem man die Soße umrühren kann, aber anschließend nicht die Arbeitsplatte bekleckert. Den hat endlich eine Werkstatt hergestellt und wir wollen ihn jetzt verkaufen."

„Ach so, ihr wollt ihm helfen?" Wieder schüttelte er den Kopf.

„Das auch. Noddy hat das Geld selbst verdient bei Werbeaufnahmen mit den Zwillingen. Das hat aber nicht gereicht, also haben wir bei ihm investiert. Und jetzt verdienen wir mit, wenn der Löffel ein Erfolg wird."

Kati kam wieder einmal aus dem Staunen nicht heraus. Was Finanzen betraf, schienen ihr diese Kinder weit voraus zu sein. Vielleicht sollte ich mein Fondsdepot auch mal wieder gründlicher anschauen. „Ihr bekommt einen Stand und mir kannst du schon einen Löffel reservieren. Den probiere ich aus."

Immer noch kopfschüttelnd kam sie zum Second-Hand-Laden. Dort ging es deutlich ruhiger zu, denn der war leer.

Kati schaute um die Ecke hinter einen Vorhang, wo Berit, die blonden Locken hochgesteckt, voller Eifer bügelte.

Sie begrüßte sie und schaute sich neugierig um. Dieses Geschäft hatte Diana sehr weiblich gestaltet. Angenehme sanfte Rosentöne, sowohl an den Wänden, als auch den Vorhängen. Auch die Decken-Beleuchtung war hautschmeichelnd gedämpft. Sie wusste, dass es hier auch größere Ankleidekabinen als in ähnlichen Geschäften gab, die mit gut ausgeleuchteten Spiegeln ausgestattet waren.

Diana hatte wirklich ein Gespür dafür, was Frauen den Kleiderkauf angenehmer machte. Kati musterte die vollen Körbe, die noch auf das Bügeleisen warteten. „Schon wieder neue Lieferung? Und so tolle Sachen, wie macht ihr das bloß?" Berit lachte über Katis Begeisterung.

„Ganz einfach, das ist Vitamin B. Meine Schwester hat durch das Fernsehen die besten Kontakte. Immer wenn eine Schauspielerin eine gute Rolle in einer Serie ergattert hat, die längere Zeit läuft,

mistet sie ihren Kleiderschrank aus und kleidet sich neu ein. Und
dann stehen wir auf der Matte und bekommen die Sachen meist
günstig, damit sie weg sind.

Für uns fällt dann nur noch die Reinigung oder auch mal Handwä-
sche an und natürlich Bügeln, damit es im Laden gut aussieht. Aber
das mache ich gerne, vor allem weil die Nachfrage hier wirklich
groß ist."

„Klappt das auch übers Internet?" „Zur Zeit noch nicht so gut, aber
ich bin trotzdem zufrieden. Ich habe hier in den letzten Wochen
schon so viel verkauft, ich komme mit Bügeln kaum nach.

Aber wenn du mal mehr Zeit hast, ich habe zwei sehr schöne Ar-
mani-Hosenanzüge…" „Vor Ende der Woche nicht, aber dann gerne", verabschiedete sich Kati.

In Thaos Nagelstudio verließ gerade eine Kundin zufrieden das
Geschäft, als Kati hereinkam. Sie schaute sich anerkennend um.

Auch hier hatte Diana ganze Arbeit geleistet und mit unterschiedli-
chen Grüntönen eine angenehm beruhigende Atmosphäre geschaffen.

Thaos kleine Tochter saß unter einem Tisch und spielte selbstver-
gessen mit ihrer Puppe. „Meine Mutter hat heute Prüfung, deshalb
musste ich die Kleine mitbringen", stammelte Thao aufgeregt. Aber
Kati lächelte nur. „Wenn du beides vereinbaren kannst, ist das doch
in Ordnung. Was für eine Prüfung legt denn deine Mutter ab?"

Thao strahlte stolz und hob die Kleine auf ihre Arme. „Sie wird

Tagesmutter, dann habe ich immer eine Betreuung für meine Hoa".
Kati schossen sofort mehrere Ideen durch den Kopf.

In der Weiberwirtschaft gab es viele junge Frauen, da war auch
Nachwuchs zu erwarten. Und noch hatte sie Räume frei.

„Sag deiner Mutter, sie soll mich anrufen, wenn sie ihre Genehmi-
gungen hat und Räume sucht. Hier findet sie garantiert einen guten
Platz."

Zufrieden näherte sie sich danach *Dianas Gardinenpredigt*, wo
Diana und Flora intensiv diskutierten.

„Komm rein", rief Diana, als Kati an der Tür erschien. „Du kannst
uns Gesellschaft leisten." „Darin bin ich gut", grinste Kati, „aber so
wie ihr aussieht, hatte mindestens eine von euch eine tolle Idee."
Diana lächelte nur und wies auf Flora, die immer noch von ihrer
Idee begeistert war. „Eigentlich hat mich Maja auf diesen Gedanken gebracht, sie hat gefragt, warum wir keine Hochzeitsplanerin
haben." „Oh, stehen da große Veränderungen ins Haus?" Kati wurde neugierig.

„Ich glaube schon", setzte Flora fort. „Aber was ich vorschlagen
wollte, wäre ein Gesamtpaket unserer Leistungen, die jede Hochzeitsplanerin kennen sollte: *Heiraten im Mühlengrund.*
Wir haben doch hier eine echt coole Location und ein Brautpaar
vor dem Mühlenrad, das gibt wirklich tolle Fotos.
Außerdem ist alles da, was gebraucht wird: Ein schickes Restaurant, Hochzeitstorten und Kuchen. Wer es uriger mag, kann am

Grill des *Hofladens* feiern, so ähnlich wie zum Erntefest.
Berit liefert das Brautkleid und Diana und ich machen Deko ohne Ende mit Bändern und Spitzen oder auch Seidenblumen, die ich neu im Sortiment habe."

Kati hatte mit notiert und umarmte die beiden erfreut.

„Ihr seid echt die Besten. Flora, du hast ein Bienchen verdient. Es macht einfach Spaß, mit euch zu arbeiten, weil ihr mitdenkt. Und das können viele heute nicht mehr. Ich rede mit Feli, die kann das schon mal anschaulich zusammenstellen und beim nächsten Brunnentreff reden wir mit den anderen."

Regelrecht beschwingt stürmte sie anschließend die Treppe zu ihrem Büro hoch, um Feli zu informieren. Die stand schon mit einem breiten Lächeln im Eingang und deutete auf Katis Büro.

„Du hast schon wieder Herrenbesuch! Ich habe ihn in deiner Sitzecke platziert und auch schon mit Wasser versorgt."

„Aber Feli, du kannst doch nicht…" Doch die unterbrach sie sofort dienstbeflissen. „Natürlich habe ich vorher darauf geachtet, dass alles verschlossen ist und nichts rumliegt."

„Gut, dann lass uns hören, was er will." Im ersten Moment glaubte sie den Mann vom Bezirksamt vor sich zu sehen, die gleichen dunkelblauen Augen, die korrekt gescheitelten dunkelblonden Haare, das gleiche sympathische Lächeln.

Als sie aber erfreut mit ausgestreckter Hand auf ihn zuging, stutzte sie."Stephan? Was machst du denn hier?"

Obwohl sie das Gefühl hatte, dass ihr Atem stockte, ihr Herz nicht mehr schlug und das Gehirn vermutlich eingefroren war, hatte sie diese Frage noch einigermaßen verständlich formulieren können.

Aber sonst war ihr Kopf wie leergefegt.

Sie hatte Stephan vor mehr als 10 Jahren zum letzten Mal gesehen. Aber da sie in den vergangenen Tagen so oft an ihn gedacht hatte, war es gleichzeitig so, als wäre es gestern gewesen, aber doch wieder ganz anders. Er sah immer noch sehr gut aus, braungebrannt mit sonnengebleichten Haaren.

Die Schultern waren breiter geworden und die Fältchen um die Augen hatten zugenommen. Er schien immer noch gerne zu lächeln. Es war schön, ihn zu sehen, aber sonst war ihr, als würde sie neben sich stehen. Falls sie sich jemals ausgemalt hatte, was sie sagen, was sie tun würde, sollte sie ihre erste große Liebe wiedersehen, war sämtliches Wissen darüber inzwischen gründlich geschreddert worden.

Zum Glück schien es ihm ähnlich zu gehen. Aber er fasste sich schneller und sah ihr mit diesem intensiven Blick in die Augen, der ihr genau wie früher, die Knie weich werden ließ. Einigermaßen elegant schob sie sich daher auf die andere Bank.

„Dich hatte ich echt nicht erwartet, ich hielt dich für Herrn Thiele vom Bezirksamt." „Genau deswegen bin ich hier. Wir ziehen in den nächsten Wochen in den Ärztetrakt, meine Partnerin und ich. Und ich wollte vermeiden, dass wir uns das erste Mal völlig überraschend vor Publikum treffen."

Kati, die gerade zaghaft begonnen hatte zu hoffen, empfand die Enttäuschung wie einen Schlag.

Er war nur dienstlich hier und würde mit einer Partnerin hierher kommen. Das Schicksal konnte wirklich ein hinterlistiges Biest sein!

Sie wappnete sich, um wenigstens äußerlich gelassen zu bleiben.

„Gibt es Probleme mit der Einrichtung?" „Nein, nein, das nicht. Ich wollte dich vorher sehen, wir sind ja damals sehr schnell auseinander gegangen, vielleicht zu schnell."

„Da hast du recht", räumte sie ein, „aber als mir das klar wurde, warst du schon verheiratet."

Er schaute zu Boden und ballte die Fäuste. „Das war ein Riesenfehler, eine Kurzschlussreaktion. Nach einem halben Jahr bin ich ins Ausland gegangen und sie hat die Scheidung eingereicht. Das war damals einfach idiotisch von mir. Und wie ist es dir ergangen? Kein Mann in der Nähe? " Kati lächelte und suchte Fotos auf ihrem Handy. „Ich habe mich auf Sandy konzentriert, für mehr war da kein Platz. Das ist sie. Sie ist jetzt in den USA und studiert am MIT." Stephan sah sich die Fotos an und schüttelte den Kopf. Das hätte jetzt seine Tochter sein können, wenn nicht der dumme Streit gewesen wäre. Er trank sein Wasserglas leer, stand auf und gab sich innerlich einen Ruck.

„Was ich dir erzählt habe, ist nur die halbe Wahrheit. Peter Thiele ist mein Bruder, eigentlich mein Halbbruder, wir haben die gleiche Mutter. Von ihm weiß ich, dass du hier bist. Ich musste einfach wissen, ob es noch eine Chance gibt, ob zwischen uns noch etwas von dem vorhanden ist, was wir einmal hatten. Ich war nach der Scheidung auch mit anderen Frauen zusammen, aber es war nie so, wie mit uns damals."

Kati war auch aufgestanden, aber eher aus Empörung.

„Das kannst du doch nicht machen! Gerade hast du mir erzählt, du ziehst mit deiner Partnerin hierher…"

Als Stephan einfach lachte und den Zusammenhang erklärte, kam sie sich vor, wie die letzte Idiotin.

„ Meine Praxispartnerin ist meine Chefin. Sie ist 65 und hat mit ihrem Mann hier in der Nähe ein Haus gebaut. Natürlich ist es für sie wesentlich bequemer auch in der Nähe zu arbeiten. Und für mich war es eine sehr willkommene Möglichkeit, wieder in deine Nähe zu kommen. Deshalb habe ich ihr den Ärztetrakt auch emp-fohlen."

Kati holte tief Luft. Am liebsten hätte sie sich in den Boden ein-gegraben und gewartet, bis sie sicher sein konnte, dass er ihre Reaktion schon vergessen hatte. Aber das ging nicht. Zögerlich sah sie ihn an.

„Und was machen wir jetzt, wir können doch nicht einfach weiter-machen wie damals?"

„Warum eigentlich nicht? Meine Gefühle sind nicht anders als damals, höchstens noch gewachsen. Und deine Whiskey-Augen, wie hätte ich sie je vergessen können! Aber wir sollten es besser machen, als damals, ich jedenfalls."

Er trat auf sie zu und umarmte sie so vorsichtig, als würde er schon darauf warten, abgewiesen zu werden. Kati, die sofort wieder dieses sehnsüchtige Kribbeln im Körper und die kleinen Stromstöße verspürte, die sie von früher noch kannte, schob ihn vorsichtig zurück.

„Ich glaube, das ist keine gute Idee." Stephan, der sofort zu wissen schien, was ihr Problem war, lächelte nur leicht, während seine Augen wesentlich mehr signalisierten. „Du hast recht, wir sollten uns Zeit, lassen, uns wieder kennenlernen und sehen, was dann passiert." „Ein Mann mit Plan, das gefällt mir." Kati lächelte erleichtert, als ihr noch etwas einfiel. „Ich habe auch einen. Hast du Lust, mit mir noch einen Kaffee zu trinken? Ich bin so stolz auf unser kleines Café. Das muss ich dir unbedingt zeigen."

„Wenn sie dort auch tollen Kuchen haben, dann sofort, ich stehe immer noch auf Süßes." Locker plaudernd betraten sie kurze Zeit später Judiths Reich, dessen Kuchenangebot Stephans Augen aufleuchten ließ. Katis Augen wanderten eher zu *Majas Leseecke,* aber die war nicht zu sehen. Erst als sie ihren geliebten Cappuccino fast ausgetrunken hatte, kam Maja höchst erfreut zu ihnen und zeigte Kati beide Daumen. „Was war denn das?" Stephan drehte sich verwundert um, als Kati hell auflachte. „Das ist eine lange Geschichte, nur soviel, du hast gerade den *Maja-TÜV* bestanden. Das sind gute Aussichten für uns beide."

Nachdem sie ihn verabschiedet hatte und zum Café zurückkam, um ihre Rechnung zu begleichen, traf sie auf Natalie, die sich gerade den Beerenkuchen schmecken ließ. „Meine Kundin ist krank und hat abgesagt. Endlich kann ich auch mal ganz gemütlich Kaffeepause machen." Kati setzte sich zu ihr. „Hast du geschlossen?" „Nein", lachte Natalie. „Das geht gar nicht. Seit Franka ihr Büro eröffnet hat, habe ich fast doppelt so viele Kunden. Deshalb habe ich eine Aushilfe eingestellt, Miriam, ein total verrücktes Huhn. Sie will sich was dazu verdienen für die nächste größere Reise nach Asien. Die Frau ist über siebzig, aber sie kann eine Menge Dinge und hat tolle Ideen. Sieh mal."

Sie schob Kati ein Foto zu, auf dem eine wunderschöne Frau, irgendwo in der Karibik zu sehen war, deren Körper von einem leichten Vorhang umspielt wurde.

„Toll! Das ist sie?" „Nein!" Natalie lachte. „Dieses Foto hat sie von meiner Kundin gemacht, die ich frisiert und geschminkt habe. Wir haben das Foto hier gemacht und sie hat es dann mit Photoshop bearbeitet, nicht nur in den Hintergrund eingefügt, sondern auch mit Weichzeichner und ähnlichem bearbeitet. Welche Frau wünscht sich nicht, auf einem Foto so absolut toll auszusehen?" „Klasse, daraus solltet ihr ein Spezialangebot machen." „Ist bereits in Arbeit", grinste Natalie.

11. Kapitel,

in dem die *Weiberwirtschaft* ihr Angebot erweitert, neue Kontakte
geknüpft und Fäden verschlungen werden

Wenn es nach Kati gegangen wäre, dann hätte dem langen Sommer
auch ein genauso langer goldener Herbst folgen sollen, denn mit
diesen Farben sah der *Mühlengrund* einfach umwerfend aus. Aber
er gefiel ihr auch an diesem regnerischen Morgen Ende Oktober,
als sie wie immer schon sehr früh durch den Torbogen trat. Das ist
gutes Lesewetter für Maja und hervorragendes Wetter zum Stricken, erinnerte sie sich, als sie an dem leuchtenden Plakat des
Strickclubs vorbeikam, das vermutlich Floras Zwillinge gestaltet
hatten.
Inzwischen waren wohl einige Strickinteressierte dazugekommen
und auch Kati hatte anfangs überlegt mit zu machen. Da sie sich
aber als völlig talentfrei erwies, hatte sie verzichtet und sich weiter
auf die Vermietung konzentriert.
Über dem Buchladen schien sich schon eine Menge zu tun. Dort
würde in den nächsten Wochen Kristin, die Anwältin und Notarin
einziehen, der sie nach einem Unfall geholfen hatte.
Die Räume nebenan über der Backstube waren jetzt auch endlich
vermietet. Rosalie war eine bekannte Künstlerin, die mit Papierma-
ché arbeitete und auch Papier schöpfte. Sie hatte sich von der Ab-
luft, die bei der Backstube oft nicht ganz zu vermeiden war, nicht
abschrecken lassen. Damit blieben noch die Räume, die sie für

Thaos Mutter reserviert hatte, das größere Büro über Floras Geschäft und der kleine Raum über dem *Hofladen.*

Aber dafür gab es auch schon eine Idee, die sie noch mit Wendy abklären musste. Nachdem sie ihr eine Nachricht auf ihr Handy geschickt hatte, wandte sie sich wieder ihren Vorbereitungen für den nächsten Höhepunkt zu.

Als Wendy endlich kam und den bereits vorbereiteten Cappuccino an ihrem Platz sah, krauste sie ihre Stirn.

„Entweder haben wir ein neues Problem oder du willst etwas von mir, was mir nicht gefallen wird." Kati lächelte. „Ganz so schlimm ist es nicht. Es gibt neue Bewerber für den kleinen Raum über dem *Hofladen.*"

„Das ist doch gut", freute sich Wendy. „Ich dachte eigentlich, dass den niemand will." „Doch schon, es gibt allerdings Probleme mit der Finanzierung. Aber der Reihe nach: Es gibt eine Gruppe Frauen, dabei sind auch einige aus dem Frauenhaus, die sich der Idee verschrieben haben, *Lieber reparieren, statt entsorgen.*" „Aber das ist doch toll! Das würde ich jederzeit unterstützen", rief Wendy.

„Gut zu wissen." Kati sah sie immer noch abwartend an.

„Die Frauen wollen in diesem Raum so etwas wie einen Reparaturpunkt einrichten, unter dem Motto: *Abwarten und Tee trinken!* Im Klartext heißt das, wenn deine Nachttischlampe den Geist aufgibt, kommst du hierher, trinkst einen Tee und wartest, bis sie repariert ist. Neben Lampen und Elektrokleingeräten wollen sie auch die

Reparatur für kleinere Möbelstücke, wie Stühle oder Beistelltische und für jede Form von Kinderkleidung anbieten. Was ich wieder besonders toll finde."

„Und wo ist jetzt das Problem?" Wendy sah sie fragend an, nickte dann aber mit dem Kopf. „Ja klar, damit wird man nicht reich. Ich sollte mal beim Stiftungsrat nachfragen, wie wir in solchen sozial geprägten Fällen verfahren können."

„Prima", Kati lächelte erleichtert. „Dann könnte sich auch der Tauschring zu dem diese Gruppe gehört, einmal im Monat hier treffen."

„Meinst du Partnertausch?" Wendy schaute dermaßen irritiert, dass Kati lachen musste. „Natürlich nicht! So ein Tauschring ist wichtig für die Anwohner. Der Sinn besteht darin, Leistungen zu tauschen, natürlich auch Geld zu sparen und sich so ähnlich wie früher in einer Dorfgemeinschaft gegenseitig zu helfen. Wer etwas besonders gut kann, tauscht mit einem anderen, der das nicht kann, aber dafür etwas anderes hervorragend beherrscht."

„Das gefällt mir und es passt gut zu den Visionen, die Onkel Linus zu diesem Projekt hatte. Ich sage Bescheid, wenn ich etwas erreicht habe."

Am Nachmittag rief Maja an und Kati machte sich auf den Weg zu ihr, um die bestellten Bücher abzuholen. Sie lächelte als sie an ihre Bestellung dachte. Eigentlich brauchte sie jetzt keine Liebesromane mehr, sie erlebte gerade ihre eigene fantastische Love-Story mit

Stephan. Wenn sie vorher an ihn gedacht hatte, hätte sie sich nie-
mals vorstellen können, dass sich die frühere Vertrautheit so
schnell wieder einstellen würde und dass ihre Gefühle für ihn noch
so viel intensiver werden könnten. Obwohl sie keine siebzehn mehr
war, fühlte sie sich oft noch genauso. Und während sie gerade wie
immer die Treppe von ihrem Büro nach unten ging, schwebte sie
innerlich eher.

Sie hatten sich Zeit lassen wollen, aber wie machte man das? Für
das Wiedersehen mit der Jugendliebe gab es keine Anleitungen,
kein schlaues Buch. Das ist eigentlich eine Marktlücke, überlegte
sie. Stephan und sie hatten einfach die früheren Lieblingsplätze
aufsuchen und sich lange und intensiv unterhalten wollen, so dass
man klare Vorstellungen davon bekam, wie sich der andere verändert hatte. Aber als sie am ersten Abend in ihrer alten Studenten-
kneipe zusammen getanzt hatten, waren sie danach unweigerlich
im Bett gelandet und das gesamte Wochenende geblieben.

Man konnte sich im Bett auch ganz gut unterhalten, grinste Kati in
Erinnerung daran. Zumindest vorher oder hinterher.

„Du freust dich auf deine Bücher", wurde sie von Maja empfangen,
die das Lächeln falsch deutete und auf den Stoß wies, der auf dem
Tresen lag. „Du kannst dich aber gerne noch umsehen, ich habe
ganz interessante neue Sachen bekommen."

Kati sah sich anerkennend um. Maja hatte mit Diana gemeinsam
ein wirklich gutes Raumkonzept für ihre *Leseecke* gefunden. Die

großen, weißen Regale, die von beiden Seiten mit Büchern gefüllt waren, standen quer in den Raum hinein und ergaben so kleine Nischen, in denen man ungestört stöbern konnte.

Der umfangreiche Bereich mit Liebesromanen hatte an den Wänden einen ähnlichen roten Farbton, wie die Stühle und Kissen im Café, nur etwas heller. In einer Nische stand ein mit rotem Samt bezogener Lehnsessel, der offensichtlich gerne genutzt wurde, denn gerade hatte sich dort eine junge Frau niedergelassen, die voller Erwartung den neuen Roman von Nora Roberts aufschlug.

Kati schaute kurz zum großen Angebot an Kinderbüchern und schlenderte dann weiter zur Krimiecke, die neben hellgrauen, vor allem durch blaue Schattierungen gekennzeichnet war.

Natürlich hatten Emilias Bücher einen besonderen Platz, aber daneben stand auch schon das Buch des Monats, zu dem es auch eine Lesung geben würde.

In der Ankündigung dazu las Kati, dass eine erfahrene Polizistin ihren ersten Roman vorstellen würde. Sicher interessant, dachte sie, aber meine knapp bemessene Freizeit gehört jetzt Stephan.

Schon der Gedanke an ihn ließ sie lächeln, als sie zu Majas Tresen zurück kam. Die freute sich mit ihr. „Du siehst glücklich aus, dann ist alles in Ordnung oder?" „Keine Sorge, es passt immer noch", lachte Kati, „auch nach so vielen Jahren. Immerhin haben wir uns mehr als zehn Jahre nicht gesehen." „Dann war es auch richtig, dass du gewartet hast. Gab es irgendwann auch mal die Idee, ein anderer könnte es sein? Hattest du mal ein Blind Date?"

„Um Himmels Willen. Nein!"Kati hob abwehrend beide Hände.

„Aber ich hatte einige Klientinnen, die das versucht haben.
Es mag ja Menschen geben, die damit glücklich werden, aber bei
den meisten gab es nur Enttäuschungen. Ich kann ja verstehen, dass
man sich auf einer Dating-Plattform ein wenig günstiger darstellen
möchte, um überhaupt eine Chance zu haben. Aber wenn dann in
der Realität beim ersten Treffen der schlanke, sportliche Mann
30kg Übergewicht hat oder der tolle Mercedes eine alte Rostlaube
ist und statt einem sicheren Einkommen hauptsächlich Schulden
vorhanden sind, dann trübt das die Freude gewaltig."

„Und wenn man das ausschließen könnte? Wenn nur die Wahrheit
da stehen würde?"

„Das wäre sicher besser", überlegte Kati, „ aber wäre derjenige,
dann noch so interessant, dass eine Frau auf ihn aufmerksam würde?"

Maja seufzte. „Das ist eine verzwickte Angelegenheit! Ich sehe
dass man die Dating-Plattformen nur schwer realistischer machen
kann. Wenn aber eine Frau die Sicherheit haben könnte, dass dieser
Mann gut zu ihr passen würde und die Angaben über ihn vielleicht
mit 90% zutreffen, wäre dass doch eine bessere Ausgangsbasis."

„Auf jeden Fall", lachte Kati, „aber wer bietet so etwas an?"

„Ich", grinste Maja. „Ganz ausgereift ist mein Konzept noch nicht.
Aber ich kann zusammenbringen, wer wirklich zueinander passt.

Und wer mir verdächtig vorkommt, den lasse ich überprüfen. Floras Sohn macht das gerade für mich."

„Das wäre super, es gibt nur einen Haken." „Welchen?" Maja sah sie gespannt an. „Es könnte dir so gehen, wie früher den Eltern, wenn sie ihren Kindern den, aus ihrer Sicht passenden Partner, ausgesucht hatten. In den meisten Fällen wollten das die Sprösslinge nicht glauben."

„Das könnte wirklich ein Problem sein." Maja krauste nachdenklich ihre Stirn. „Ich kann ihnen das also nicht verständlich machen, wenigstens am Anfang noch nicht, später werden sie den *Maja-TÜV* zu schätzen wissen. Aber das Beste wäre, sie würden es selbst erkennen. Wonach entscheidet man in solchen Situationen?"
Sie schaute Kati fragend an.

Die hob abwehrend die Hände. „Das ist eine der ungeklärten Fragen, die die Menschheit schon Tausende von Jahren beschäftigt. Warum finden wir einen Menschen gleich toll und den daneben können wir einfach nicht leiden? Ich glaube mit Äußerlichkeiten hat das wenig zu tun, es sind eher die gleichen Interessen, die Übereinstimmungen oder die gleiche Wellenlänge. Wenn das vorhanden ist, dann stimmt auch die Chemie."

„Das ist gut, du bist super!"
Über das gesamte Gesicht strahlend, klatschte Maja sie begeistert ab. „Jetzt habe ich es. Ich weiß, wer zusammenpasst und ich kenne auch ihre Hobbys und Interessen. Also schlage ich meinen Klienten

ein geprüftes Blind Date an einem interessanten Ort vor, der sie gleich von den Socken hauen wird.

Stell dir vor, eine Tangotänzerin hätte ein Date in einer Tanzbar mit einen möglichen Partner, der genauso begeistert und gut tanzt wie sie. In dieser Situation müsste sie sich doch wie im siebenten Himmel fühlen. Dann wird sie auch übersehen können, dass sich sein Haupthaar schon etwas zurückgezogen hat." „Das könnte klappen", lachte Kati. „Du bist wirklich ein Geheimtipp und wirst es auch für alle werden, die noch auf der Suche sind."

Zu Floras Strickkurs am Abend kamen diesmal neun Frauen, was sie besonders freute, wenn sie bedachte, wie wenige sie am Anfang waren. Die Erfolge des Verkaufs zum Erntefest und vor allem die Begeisterung und Anerkennung der Besucherinnen, hatte ihre Frauen stolz gemacht und neue Interessentinnen angelockt. Jetzt bereiteten sie sich schon auf das Lichterfest vor, aber auch darauf, neue Weihnachtsgeschenke zu kreieren.

Passend dazu hatte Flora einen weihnachtlich duftenden Tee vorbereitet, der zum ersten Mal verkostet wurde, als jemand die Tür energisch öffnete und hinter einem großen grünen Regenschirm die rotblonde Franka erschien. Nachdem sie sich der nassen Sachen entledigt und Platz genommen hatte, sah sie die neugierigen Gesichter, die ihr alle zugewandt waren.

„Ich dachte, hier lernt man Stricken, aber ihr könnt das wohl alle schon?" Flora lächelte ihr beruhigend zu. „Selbstverständlich kannst du hier stricken lernen. Leute, das ist Franka, unsere Steuerberaterin. Sie hat ihr Büro über der *Glückssträhne*. Hast du dir schon überlegt, was du machen willst? Soll es ein Schal werden oder irgendwann ein Pullover?" „Das ist mir völlig egal, ich muss abends meine Hände beschäftigen, ich habe schon wieder zugenommen." „Tja, wie man sich füttert, so wiegt man. Das hat meine Oma immer gesagt", grinste Marla.

„Das weiß ich ja", schimpfte Franka. „Es muss zu viel sein, sonst würde ich ja nicht zunehmen. Aber der Abend kommt mir immer so fürchterlich lang vor." „Klar", rief Pauline. „Der Satz *Mir ist langweilig* hat einfach zu viele Kalorien." „Das ist es nicht alleine", stöhnte Franka. „Irgendwie ist das alles ziemlich ungerecht. Meine Tochter und ich essen genau das Gleiche, schließlich koche ich für uns. Aber sie ist ein Strich in der Landschaft und ich nehme zu. Ständig versuche ich abzunehmen, mache jede neue Methode mit und hinterher habe ich noch zwei Kilos mehr."

„Gegen diese Quälerei hätte man schon längst etwas erfinden müssen", rief eine der Frauen. „Da hast du recht", bestätigte Marla. „Wenn Frauen in der Wirtschaft mehr zu sagen hätten, dann gäbe es mindestens schon kalorienfreie Schokolade. Für Männer ist das ja nicht so interessant." „Frauen würden garantiert eine Tablette erfinden, die den Stoffwechsel beschleunigt. Sobald die Jeans in der Taille kneifen, nimmst du sie abends ein. Und morgens ist alles schick."

„Ich hätte lieber eine Tablette, mit der ich die Haare passend zur Kleidung verändern könnte. Heute hätte ich gerne Rosé zu meinem Pullover gehabt."Die junge Frau neben Marla sah sich beifallsheischend um.

„Ich hätte lieber eine Pille, die bewirkt, dass Männer wirklich zuhören." Jetzt nickten alle zustimmend.

„Ich wäre eher für einen Staubsauger, mit dem man alle quälenden Erinnerungen absaugen könnte", meldete sich eine junge Frau.

„Oder lieber Fenster, die sich selber putzen." Marla nickte ihrer Nachbarin Heidi auf der anderen Seite zu.

„An solche Sachen denkt natürlich keiner, aber sie erfinden einen Kühlschrank, der die nötigen Einkäufe selber bestellt. Typisch Mann! Als ob Frauen nur shoppen gehen wollen, wenn es nötig ist!!"

Ehe der nächste Kommentar aus der sachkundigen Runde erfolgen konnte, nahm Flora ein Knäuel Wolle in olivgrün und eine dicke Rundstricknadel aus ihrem Korb.

„Ich zeige dir erstmal, wie man Maschen aufnimmt und rechte Maschen strickt. Daran kannst du wirklich lange üben und bist abends beschäftigt. Nach meiner Erfahrung hat Stricken auch eine beruhigende, fast meditative Wirkung."

Und tatsächlich schien Franka ihre Anleitung sofort gut umsetzen zu können, wie Flora überrascht feststellte.

„Super! Das klappt schon gut, mach weiter so. Wenn du es heute

noch schaffst, dass das Maschenbild gleichmäßig wird, kannst du dir nachher Wolle in deiner Lieblingsfarbe für einen Schal aussuchen." „Nicht nötig, ich bleibe bei grün. Soll das nicht beruhigen? Ich habe ständig Ärger mit Franziskas Vater, dem elenden Ätzpickel. Da kann ich gar nicht genug Grünes um mich haben."
Während Flora ausreichend Wolle für sie zusammenpackte, beobachtet sie, wie Franka hochkonzentriert und noch etwas verkrampft ihre Maschen abstrickte. „Das machst du wirklich gut. Das könnte ein schöner Schal werden, vielleicht sogar bis Weihnachten."

„Das wäre echt gut", seufzte Franka. „Ich muss unbedingt jeden Abend daran stricken, weil ich mit diesem Intervallfasten begonnen habe. Da darf ich 8 Stunden essen und 16 Stunden nichts. Morgens passt mir das gut, aber der Abend ist einfach zu lang. Mit Stricken wird das jetzt besser gehen. Eigentlich ist das für mich so eine Art lebensrettende Maßnahme. Wird aber bestimmt nicht anerkannt oder?"

Kati amüsierte sich beim morgendlichen Rundgang über diese Geschichte, genauso wie Flora, als sie von ihren Neuzugängen erzählte. „Einige dieser Ideen wären wirklich gut. Vielleicht sollte ich auch mal über eine Schokoladenmacherin nachdenken, die Kalorien spart." Als sie gerade ihre Mappe „Lichterfest" aufgeschlagen hatte, schaute Feli kurz zur Tür herein.
„Besuch für dich, Herr Hofstreitner von der Lebensmittelaufsicht!"

Ihr schreckverzogenes Gesicht sprach Bände. Entsprechend vorsichtig begrüßte Kati den Vertreter der Behörde, die in Gaststätten und Läden selten freudig erwartet wird.

„Ich muss einer Anzeige nachgehen. Sie sollen hier eine Rattenplage haben und verkaufen Lebensmittel. Also das geht gar nicht!"

Als Kati ihn nur anstarrte, wie einen Außerirdischen, setzte er fort.

„Außerdem sollen sie hier nicht zertifiziertes Wasser als Heilwasser verkaufen. Das kann erhebliche Strafen nach sich ziehen."

Kati hätte am liebsten mit dem Kopf auf den Schreibtisch geschlagen. Hörte das denn nie auf? Schlug Victor Greed noch aus dem Ausland zurück? Als sie mehrmals tief eingeatmet hatte, um sich zu beruhigen, wandte sie sich wieder dem Inspektor zu, der etwas enttäuscht schien, dass sie seine Wichtigkeit nicht ausreichend würdigte.

„ Das stimmt natürlich beides nicht. Wer behauptet denn so einen Blödsinn?"

Aber ihr Gegenüber schien nicht geneigt, darüber eine Auskunft zu geben und murmelte nur etwas von „Amtsgeheimnis".

Kati überlegte fieberhaft, dann kam ihr eine Idee.

„Ich verstehe, wenn Sie solche sensiblen Auskünfte nicht erteilen können, aber sie können mit doch sicher sagen, wann die Anzeige eingegangen ist. Das hat ihre Behörde doch ganz sicher festgehalten."

„Selbstverständlich, die Anzeige erreichte uns am 01.Juli."

Kati war sprachlos. „Und da kommen Sie erst jetzt?"

Hofstreitner hob die Hände, um sein Problem besser zu demonstrieren. „Wir haben keine Leute, zumindest nicht genügend Fachleute und wir müssen jeder Beschwerde nachgehen."

„Dann wird es Sie sicher freuen, dass an dieser Sache wirklich nichts dran ist. Wir hatten zwar eine Ratte auf dem Platz, genau an dem Wochenende vor der Beschwerde, aber es war eine zahme, die zwei Jugendlichen gehörte."

Sie zeigte ihm auf ihrem Handy die Fotos, die Freya mit der weißen Ratte und die beiden Halbwüchsigen zeigten.

„Ich vermute mal, die Beschwerde kam von Victor Greed, denn der hatte die beiden Jungs für diese Sache bezahlt. Mittlerweile vertritt er nicht mehr die Immobilienfirma seiner Frau, sie sind geschieden und er hat inzwischen das Land verlassen."

Der pikierte Gesichtsausdruck von Hofstreitner ließ Kati vermuten, dass die Beschwerde möglicherweise doch eher persönlich vorgenommen wurde. „Und was das Wasser betrifft, dazu folgen sie mir bitte in den Brunnenraum." Während Hofstreitner anerkennend den Raum mit dem Wasserbecken, den roten Ziegelwänden und dem urigen Mobiliar musterte, füllte Kati ein Glas mit frischem Wasser und reichte es ihm zum Kosten.

„Bitte, trinken Sie ruhig, das ist Quellwasser. Wir sind überzeugt, dass es gutes Wasser ist, aber wir würden es auf keinen Fall verkaufen wollen, unter keiner Bedingung!"

Hofstreitner nickte zu ihrer Bemerkung, trank sein Glas ruhig aus und setzte dann, in einem deutlich anderen Ton, zu einer Art Entschuldigung an.

„Frau Geißler, ich sehe, dass alles seine Ordnung hat. Vielleicht haben wir dieser Sache einfach zu viel Bedeutung beigemessen, aber wir sind ja schließlich auch verantwortlich dafür, die Bürger zu schützen."

Erleichtert schaute Kati ihm nach, als er das Gelände verließ. Als sie gerade zu *Majas Leseecke* gehen wollte, sah sie sie durch die großen Fenster in einem Gespräch, also ging sie weiter, um die Schwestern Corelli für einen Auftritt zum Lichterfest zu gewinnen. Maja, die an ihrem Laptop saß, hatte erstaunt aufgeschaut, als eine ältere, sportliche Frau hereinkam. Mit Wanderstiefeln und Kniehosen hatte hier noch niemand nach Büchern gesucht. Gespannt beobachtete sie, wie die Besucherin forschen Schrittes in Richtung Liebesromane ging und dann mit zwei Neuerscheinungen von Susan Mallery an ihren Tresen trat. Nachdem sie bezahlt hatte, zögerte sie solange bis Maja fragte. „Haben Sie noch einen Wunsch?"

„Ja, wenn Sie mich so direkt fragen, ich suche jemanden, der mit mir wandern geht. Mann oder Frau ist mir egal, es kann auch eine Gruppe sein."

Maja lächelte. „Sie möchten in die Kontaktbörse aufgenommen werden?" „Ja, natürlich", versicherte die Frau heftig nickend. "Ich hoffe nicht, dass ich schon zu alt bin, ich bin erst 75. Meine

Nachbarin hat sich auch angemeldet, die ist zwei Jahre älter als ich. Aber bestimmt hat die sich wieder jünger gemacht."

Maja bat ihre Aushilfe Conny den Laden zu übernehmen und nahm mit ihrer neuen Interessentin Hermine in der bequemen Besucherecke Platz.

„Erzählen Sie mir doch ein wenig genauer, was Sie erwarten. Wollen Sie im Hochgebirge wandern oder lieber etwas näher?"

Hermine überlegte nur kurz. „Bayern muss es nicht unbedingt sein, mir liegen eher die Mittelgebirge. Thüringen, da bin ich aufgewachsen oder das Erzgebirge, natürlich auch der Harz, das Elbsandsteingebirge, der Spessart und die Rhön."

Während Maja den Namen der Besucherin und ihre Vorlieben in die Datei eingab, forschte sie vorsichtig nach. „Wenn es ein Mann wäre, gibt es etwas, was Sie total ablehnen würden?"

„Ja, natürlich. Also diese ganze Mann-Frau-Sache, die können wir knicken. Daran bin ich nicht mehr interessiert. Mein Mann ist vor vier Jahren gestorben, damit habe ich dieses Kapitel abgeschlossen. Aber ein Mann, auf den man sich voll verlassen kann, wäre mir als Wanderkamerad willkommen."

Maja, die schon jemanden ins Auge gefasst hatte, lächelte nur bei dieser klaren Ansage. Man wird sehen, dachte sie. Das Leben birgt oft die schönsten Überraschungen.

12. Kapitel,

in dem die *Weiberwirtschaft* endlich komplett wird und das Lichterfest in eine erfolgreiche und glückliche Zukunft weist

Der Mühlengrund hat sich zwar verändert, ist aber trotzdem immer noch schön, dachte Kati, als sie an einem frostigen Morgen zur Arbeit kam. Das goldene Laub hatte sich zwar verabschiedet, aber dank Hajos Efeu sahen die Häuser auch in der blassen Spätherbstsonne noch einladend aus.

Selbst als es am Nachmittag zu nieseln begann, strömten immer noch genügend Besucher auf das Gelände. Regenwetter hat auch etwas Gutes, dachte sie, als sie den Kundenstrom in *Majas Leseecke* sah. Und natürlich zum Kuscheln mit Stephan, aber das ging bedauerlicherweise erst am Wochenende. Obwohl sie eigentlich erwartet hatte, dass die erste Leidenschaft relativ schnell verfliegen würde, immerhin waren sie keine zwanzig mehr, war es immer noch so, dass sie kaum die Finger voneinander lassen konnten. Aber zurzeit besuchte Stephan während der gesamten Woche eine Fortbildung. Vielleicht gibt es ja auch am Wochenende noch Kuschelwetter, hoffte Kati.

Maja war gerade dabei ihre Bestellungen zu überprüfen, während im Laden die Aushilfe Conny bediente, als Floras Sohn Ben stolzgeschwellt die Buchhandlung betrat, um seinen zweiten Auftrag abzurechnen.

Er legte 5 Fotos auf den Tisch und erklärte grinsend. „Der war nicht schwer zu finden, der ist ja überall aktiv. Hier ist er mit seiner Frau und dann noch mit vier anderen Frauen zu sehen. Diese nennt ihn *mein Goldstück*, hier ist er ein *Schmusebär*, hier ein *Herzchen* und diese Frau sagt *mein Hengst*, obwohl er gar kein Pferd hat."

Maja musste sich das Lachen verkneifen. Er ist so süß in seiner Ernsthaftigkeit, dachte sie und besprach mit ihm weitere Aufträge. Dann dankte sie ihm noch einmal für die korrekte Ausführung und bezahlte das vereinbarte Honorar.

„Das muss ich nur mit Noddy teilen, aber nicht mit meiner Schwester, damit liege ich vorne."

Mit dieser Bemerkung verließ er den Laden und Maja blieb etwas ratlos zurück. Dann erinnerte sie sich an Floras Erzählung über den Club der kleinen Millionäre. Die nahmen ihr Sparprogramm wirklich ernster, als viele Erwachsene.

Als sie anschließend die Fotos noch einmal prüfte, entschied sie sich, den Mann aus ihrer Datei zu löschen. Solche Typen sollten in ihrer seriösen Vermittlung keine Chance haben.

Bisher hatte sie schon zwei Paare überglücklich gemacht, bei denen sie gleich dieses untrügliche Gefühl gespürt hatte: Das passt!

Bei Hermine und Hermann war es die Freude am Wandern gewesen, die sie zusammengebracht hatte. Schon nach einer Woche waren sie zur Überraschung aller zusammengezogen und fieberten jetzt ihrem Hochzeitstermin entgegen. Vielleicht hat Hermine doch wieder Spaß an der Mann-Frau-Sache gefunden, dachte Maja. Denn auf dem Foto, das beide auf der Wasserkuppe in der Rhön zeigte, sah sie sehr glücklich aus.

Das zweite Paar, das ihre Pinnwand zierte, war die Tangoliebhaberin Carmen, die sich inzwischen auch mit dem lichten Kopfhaar ihres Partners ausgesöhnt hatte und fleißig für ihre Hochzeitsreise sparte.

Natürlich zu einem großen Tango-Event, allerdings nicht in Argentinien, sondern in der Toskana.

Maja freute sich jedesmal, wenn sie die glücklichen Gesichter „ihrer" Paare sah. Und es würde weitere geben, davon war sie überzeugt. Sie schaute noch einmal auf die Fotos, die Ben gebracht hatte.

Für diese Frauen, die nicht ahnen konnten, dass sie einem Schwindler geglaubt hatten, würde sie mit Feli eine Lösung finden. Die war sofort Feuer und Flamme.

„Dieser Weltmeister im Seitensprung hat es nicht besser verdient. Wir schicken über Facebook, seiner und den drei ahnungslosen Frauen, Fotos, auf denen er eine der anderen Frauen im Arm hat. Das wird klare Verhältnisse schaffen. Gut, dass du gleich misstrauisch geworden bist."

Maja grinste. „Ich steh nun mal nicht auf diese aalglatten Typen, die jeden gleich wissen lassen wollen, welches Auto sie fahren und dass sie eine Rolex tragen, auch wenn sie ganz bestimmt nicht echt ist. Und Ben hat mir wirklich geholfen, solche Kinder hätte ich auch gerne."

„Hilfe!", schrie Feli. „Kati, hast du das gehört? Sie spricht von Kindern! Dann müssen wir uns mit der Hochzeitsplanung beeilen."
Maja bekam große Augen, als Kati ins Zimmer kam und ihr das Vorhaben erklärte.

„Die Idee *Heiraten im Mühlengrund* fanden wir toll und ursprünglich wollten wir nur ein Paket unserer Leistungen dafür anbieten.
Bisher habe ich mit drei Hochzeitsplanerinnen gesprochen und die dritte hat mich sofort gefragt, ob ich auch ein größeres Büro für sie hätte.
Sie heißt Nora, passt gut zu uns und zieht demnächst in den Raum über Floras *Kurtz-Waren*.
Die kann dir demnächst sicher weiterhelfen und wenn nötig, locke ich auch noch eine Agentur für Baby-Sitter hierher, eine Tagesmutter habe ich schon in Aussicht." Maja lachte. „Das ist wirklich super! Wenn du jetzt auch noch eine Standesbeamtin hättest, dann brauchten meine Paare nicht so lange zu warten. Und Lars und ich auch nicht."

Auch wenn das Wetter noch schlechter wurde und die Bäume sich auf den Winterschlaf vorbereiteten, wurde dem *Mühlengrund* mit jedem Tag mehr Leben eingehaucht.

Die *Weiberwirtschaft* wuchs kontinuierlich und wurde immer stärker. Kati, die in den Mieterinnen der Geschäfte mehr sah, als nur Mietenzahler, freute sich mit ihnen über jeden Erfolg.

Sie umarmte Natalie, als die erfuhr, dass das Lokalfernsehen bei ihr drehen wollte.

Sie war stolz auf Diana, als die ihr erzählte, dass ihre *Sorgenfreie Renovierung im Urlaub,* seit dem Erntefest auch bei Promis begehrt war. „Ich habe sogar zwei Wohnungen umgestaltet. Die Adressen sind leider geheim, aber du kannst sie bestimmt demnächst in einer bunten Zeitschrift sehen."

Jeden Erfolg ihrer Frauen hatte sie freudig weitererzählt. Vor allem einer jungen Journalistin, die seitdem regelmäßig bei ihnen vorbeischaute und fleißig in ihrer Zeitung berichtete. Auch die Zahl derer, die den Schalter der Corellis für ein schnelles, frisches Mittagessen nutzten, stieg ständig.

Denn das Besondere am Mühlengrund war: Hier strömten die Besucher immer, auch an einem ganz normalen Wochentag. Wenn das Lichterfest auch solche Effekte bringt, bin ich schwer zufrieden, dachte Kati, während sie das Gedränge vor *Judiths Backstube* betrachtete.

Und noch in diesem Jahr würde Nora, die Hochzeitsplanerin einziehen. Das wird eine Riesenüberraschung vor allem für Maja werden, freute sich Kati. Vielleicht auch schon für Judith und Wendy? Denn dann würde es auch Trauungen im Mühlengrund geben. Nora hatte eine Schwester Nadine, die Standesbeamtin war und die beiden planten den *Mühlengrund* als Außenstandort bestätigen zu lassen. Natürlich müsste der Brunnenraum dafür noch ein wenig umgestaltet werden, aber die Chancen standen gut. Diana würde sich sicher noch eine Menge einfallen lassen, um ein festliches Ambiente zu zaubern.

Feli eilte über den Platz, sie war schon wieder unterwegs, um Ideen für das Lichterfest zu sammeln, als sie Maja stirnrunzelnd an ihrem Verkaufstresen vorfand. Sie freute sich offensichtlich Feli zu sehen. „Du kommst gerade recht, falls du eine gute Idee in petto hast."
„Dafür bin ich berühmt", grinste Feli und warf sich in Pose. „Wo brennt es denn?" „Die Kids fragen mich dauernd, warum ich keine Tankstelle für E-Books hätte. Ich habe nicht die geringste Ahnung wie und wo ich das machen sollte."
Feli schaute sich prüfend um und warf dann mit wenigen Handstrichen eine Skizze auf den Block vor Maja.
„Dafür brauchst du einfach nur so einen Counter, wie in den Bibliotheken, den du mit deinem Server verbindest. Ich kenne jemanden, der dir das bauen kann. Dann könntest du jeden Monat ganz preiswert ein neues Buch für Kinder einspeisen. Oder du machst es im ersten Monat gratis, das wäre eine gute Werbung."
Maja strahlte. „Ja, wenn das so leicht geht. Das ist eine Super-Idee,

Feli. Du bist einfach perfekt!"

Die lächelte nur im Hinausgehen. „Ich bin nicht perfekt, aber so nahe dran, dass es mir manchmal Angst macht."

Dann drehte sie sich um und kam wieder zurück.

„Von wegen perfekt! Ich kam, sah und vergaß, was ich wollte. Hast du schon einen Vorschlag für das Lichterfest?" Jetzt leuchte Majas Gesicht auf, als würden die Lichter schon strahlen.

„Das erzähle ich euch heute Mittag beim Kaffee. Ihr werdet Augen machen!"

Und das taten sie wirklich. Judith, Feli und Wendy saßen wie jeden Mittag, wenn der Kundenstrom nachgelassen hatte im kleinen Café, als Maja die Bombe platzen ließ.

„Ich habe eine Buchlesung der besonderen Art zum Lichterfest." Sie öffnete ihren Laptop und zeigte ihnen eine Seite mit Fotos.

„Zu mir kommt Patrick Hagen, der Flirt-Coach schlechthin. Er stellt sein neues Buch vor."

„Also wirklich, Maja, jetzt wo wir alle gut versorgt sind, bringst du so eine Sahneschnitte an", schimpfte Judith und grinste dabei.

„Aber gut sieht er aus. Ein Mann mit einem Körper wie ein Gott und einem Lächeln, für das die Erde wahrscheinlich ihre Umlaufbahn ändern würde, wenn sie könnte!"

Auch Wendy, die sofort wusste, um wen es ging, staunte.

„Das wird ein Hammer. Über den erzählt man sich ja Sachen. Was der bei Frauen drauf hat, sollte polizeilich verboten werden. Und erst die Stimme! Der Mann kann sogar Putzmittel lecker klingen lassen. Aber ich bin auch in festen Händen und wirklich gut versorgt. " „Ich bin nicht versorgt", protestierte Feli. „Aber der ist nichts für mich, mit Schönlingen bin ich fertig. Aber toll sieht er trotzdem aus."

Freya, die bisher in der Backstube gewirtschaftet hatte, kam neugierig herüber und schaute Maja über die Schulter. „Den würde ich auch nicht von der Bettkante schubsen!" „Aber Oma!", entrüstete sich Judith. „Was denn? Ich bin hier zwar die Älteste, aber ich kann euch versichern, tot bin ich noch nicht!" Damit ging Freya lächelnd und mit wiegenden Hüften zu ihrer Arbeit zurück.

Anfang Dezember kam endlich auch die erlösende Mitteilung vom Bezirksamt, dass der ungenannte Investor seinen Antrag zurückgezogen habe. Peter Thiele hatte Kati extra angerufen, um ihr diese Nachricht zu überbringen, vielleicht auch weil er wissen wollte, wie diese wunderbare Wendung zustande gekommen war. Aber Kati schwieg eisern, sie war einfach nur glücklich.

Manchmal kam es ihr so vor, als wären seit dem Erntefest viel mehr als zwei Monate vergangen. So viel war geschehen und so viel Glück hatte ihr der Brunnen beschert.

Das Problem Victor Greed war nun auch offiziell keins mehr und damit hatten auch die missgünstigen Angriffe im Internet aufgehört.

Die Geschäfte im Mühlengrund waren von den Anwohnern nicht nur angenommen, sondern regelrecht ins Herz geschlossen worden. Das würde sich heute beim Lichterfest sicher wieder bestätigen. Auch das Ärztehaus war wie eine warme Brise für den Kiez gewesen. Wo gab es schon ein so breites Angebot an Fachärzten vor der Haustür? Und dass es überwiegend jüngere Leute waren, störte nur wenige.

Alle Büroräume waren vermietet, die letzten großen Räume hatte Thaos Mutter für die Tageskinderpflege übernommen.

An einem Raum, der eigentlich als Garage gedacht war, wurde noch gearbeitet. Dort würde im nächsten Jahr ein Hundesalon einziehen.

Nicht schlecht für eine Außenseiterin, dachte sie zufrieden, während sie morgens durch den Torbogen schritt und plötzlich das sich beständig drehende Mühlenrad vermisste.

Die *Rentner-Brigade* hatte schon vorsorglich das Wasser des Brunnens abgelassen und war gerade dabei das Mühlenrad mit Drachen warm einzupacken. Als sie gegen Mittag wieder aus dem Fenster sah, hatten Flora und Diana aus der Umhüllung eine dralle, freundlich lächelnde Schneefrau gebastelt, die einen ausladenden Hut mit roten Blumen trug, von dem Bänder mit der Aufschrift *Weiberwirtschaft* flatterten.

Kati lächelte. Das passte gut und konnte gerne bis zum Frühling bleiben. Um das Brunnenbecken standen kleine Tannenbäume in großen Töpfen, die später, sofern es keinen Frost gab, um den Parkplatz eingepflanzt werden würden.

Jetzt aber mit Lichterketten und roten Kugeln geschmückt, halfen sie die heimelige Atmosphäre zu schaffen, die alle an richtigen Weihnachtsmärkten liebten. Das Licht in der Dunkelheit, der Geruch nach Tannengrün, der Duft von Glühwein und Plätzchen…

„Ehe ich ins Schwärmen gerate, sollte ich mich ins Getümmel stürzen", murmelte Kati und griff nach ihrer warmen roten Jacke.

Um 13.00 Uhr begann bei Maja die Lesung mit dem prominenten Flirt-Coach. Das würde für die Erwachsenen der Höhepunkt werden. Vielleicht sollte ich mir auch noch ein paar Anregungen holen, überlegte Kati schmunzelnd.

Sie und Stephan hatten in den letzten Wochen jedes himmlische Wochenende miteinander verbracht, sich aber kaum im Alltag erlebt. Dafür war die Zeit bisher einfach zu knapp gewesen.

Und wie die Zukunft aussehen würde, das konnte sie bisher nur vermuten.

Wenn es nach ihr gegangen wäre, hätte sie natürlich die Zeit mit ihm schon bis ins nächste Jahrhundert geplant. Nur er hüllte sich noch in Schweigen.

Aber heute nach dem Lichterfest würden sie gemeinsam eine ganze lange Woche Urlaub machen. Alleine in einem Ferienhaus am See, das Stephans Praxis-Partnerin gehörte. Nur sie zwei am Kamin…

Da konnte viel passieren und darauf freute sie sich schon die ganze Woche.

Was hatte ihr dieses halbe Jahr oder vielleicht auch das Wasser des Brunnens für ein Glück gebracht! Eine Arbeit, die sie voll und ganz erfüllte, so viele Freunde, wie sie es sich nie hätte träumen lassen und jetzt auch noch eine zweite Chance in der Liebe.

In *Majas Lesecke* war kaum noch eine Ecke zu finden, so viele interessierte Frauen drängten sich um Patrick Hagen, der seinen Charme schon sprühen ließ und bei so vielen Verehrerinnen Mühe hatte, pünktlich mit seiner Lesung zu beginnen.

Kati hörte gemeinsam mit Wendy so interessiert und auch sehr lange zu, dass sie beinahe verpasst hätte, das Lichterfest zu eröffnen.

Schnell rannten sie zum E-Raum, wo Kalle schon ungeduldig wartete.

Mit einem Knopfdruck flammten alle Lichterketten auf und es wurde weihnachtlich im *Mühlengrund*.

In das *Ah* und *Oh* der Zuschauer passierte etwas, das nicht angekündigt, aber sicher erwünscht war: Es schneite, ganz sacht, wie um den festlichen Charakter zu betonen.

Auf der kleinen mobilen Bühne, die vor den Flocken geschützt war, begann ein Kinderchor „Leise rieselt der Schnee" zu singen. Nicht nur deren stolze Eltern, sondern alle, standen andächtig und hörten gerührt zu.

Danach machte Kati, warm eingepackt, ihren gewohnten Rundgang und beobachtete grinsend, wie Hajo, Kalle und Fietje in ihren Kostümen freudestrahlend kleine Geschenke und Süßigkeiten verteilten, einer als Nikolaus, einer als Väterchen Frost und einer als Santa Claus.

Begleitet wurden sie von Betty, Lissy, Fritzi und der kleinen Tanja, die als Schneeflöckchen oder Snegurotschka eingekleidet waren. Sie sahen so niedlich aus, in den weißen Kleidern mit Tüllröckchen, über denen sie aber warme Jacken und schneeweiße Pudelmützen mit viel Glitzer trugen. Sie halfen den Nikoläusen und teilten Flyer mit den Sonderangeboten der *Weiberwirtschaft* in der Vorweihnachtszeit aus.

Flora und Diana haben sich wieder einmal übertroffen, dachte Kati lächelnd und betrachtete weitere Stände, während auf der Bühne Giulia und Grazia italienische und deutsche Weihnachtslieder anstimmten. Ganz in weiß gekleidet, die langen schwarzen Haare in eindrucksvolle Löckchen gelegt, boten sie einen überwältigenden Anblick.

Kati betrachtete sie überrascht. Mit diesem Aussehen und den musikalischen Fähigkeiten, hätten sie auch auf größeren Bühnen bestehen können. Zum Glück gaben sie hier ihr Bestes und das *Bologna* war inzwischen sehr beliebt und ständig ausgebucht.

Am Stand von Flora und Diana gab es hauchzarte, gestrickte Loopschals und pastellfarbigen Tücher, die der Strickclub stolz anpries.

Außerdem boten beide sehr aparte Advents-Gestecke und Weihnachtsschmuck und verpackten sehr gekonnt die ersten Weihnachtsgeschenke.

Am Löffelstand der drei Jungs herrschte Hochbetrieb. Schon das riesige Schild mit der Aufschrift *Der Löffel mit dem Klick* weckte Neugier. Außerdem pries Sporty die Erfindung lautstark an, während Noddy so überzeugend den Trick demonstrierte, mit dem der Löffel sauber abgelegt werden konnte, auch wenn er vorher im Tomatenketchup steckte.

Als Kati ihr Exemplar bezahlte, sah sie dass der Vorrat schon sehr begrenzt war, aber die drei schienen sehr zufrieden und strahlten, wie die Schneekönige. „Wie läuft es denn?" „Gigantisch!" Sporty wie auf das Schild über ihnen. „Wer das nicht checkt, der muss halt putzen!"

Ehe sie zu Judiths Stand kam, begrüßte sie die Ärztinnen und die Apothekerin aus dem Ärztehaus, die sich offensichtlich verabredet hatten und gemeinsam mit Wendy den Glühweinstand ansteuerten.

Anke und ihre Frauen vom *Hofladen* hatten wieder Bratwürste und Rostbrätel im Angebot, aber erstmalig auch eine heiße Pilzsuppe, für alle, die auf Fleisch verzichteten. Alles duftete so appetitlich, dass sich schon wieder Schlangen bildeten.

Auch bei Judiths Plätzchenstand gab es Gedränge.

Feli, die sich dort gemeinsam mit Franka einen Stammplatz geschaffen hatte, rief nach Kati. „Ich versuche Franka zu überzeugen, dass das Leben zu kurz ist für Knäckebrot. Vor Weihnachten muss man Plätzchen kosten und diese schmecken himmlisch. Das ist fast wie ein Schokoladenkoma. Sobald sie auf deine Zunge gelangen, bist du hin und weg."

Da sie ihre Meinung lauthals verkündete, lockte sie viele Käufer an und Judith und Freya freuten sich über die Werbung.

Als das Bühnenprogramm beendet war, erklang leise weihnachtliche Musik vom Band, die die festliche Stimmung noch bis in den späten Abend verstärkte.

Das war ein wirklich gelungenes, besinnliches Fest, dachte Kati, als sie am Abend wieder an ihrem Bürofenster stand und auf den Platz hinunterschaute, auf dem die letzten Stände abgebaut wurden. In der Dämmerung schimmerten die Lichterketten noch heller, es schneite immer noch ganz sanft. Einfach schön!

Sie atmete noch einmal tief ein. Dann traf sie eine Entscheidung, die längst überfällig war. Sie würde nicht zurückgehen in das Krankenhaus. Sie würde hier bleiben, denn hier gehörte sie hin.

Den Kontakt zu Frauenhaus würde sie beibehalten, aber der *Mühlengrund* war ihre eigentliche Aufgabe.

Sie schaute nach der Uhrzeit auf ihrem Handy, Stephan würde sie bald abholen. Langsam scrollte sie über die Fotos die sie vom Lichterfest gemacht hatte, um sie Sandy zu schicken. Die arbeitete an einem wichtigen Projekt und konnte diesmal leider nicht zu Weihnachten kommen, außerdem wollte sie mit ihrem Vater feiern. Das zu verkraften, fiel Kati immer noch schwer, schließlich war es das erste Weihnachten ohne ihr Baby.

Aber dafür würde sie auch eine neue Tradition begründen: Das erste Weihnachten mit Stephan, dem hoffentlich noch viele weitere folgten würden. Was für ein Glück wir doch haben, diese zweite Chance zu bekommen, noch einmal beginnen zu können und diesmal richtig.

Wieder sah sie zum Platz hinunter, zu den Menschen, die sie vor einem halben Jahr nicht einmal gekannt hatte und die jetzt für sie wie eine Familie waren, eine starke Gemeinschaft und vor allem eine erfolgreiche *Weiberwirtschaft*.

Sie hörte, wie sich die Tür öffnete und spürte, wie sich Stephans Arme, wie eine warme Decke um sie schlangen. Er schaute mit ihr nach unten, küsste sie zart auf den Nacken und reichte ihr dann die Hand.

„Bereit für all das, was auf uns wartet? Auch wenn es die nächsten 100 Jahre betrifft?" Kati stockte fast der Atem. Am liebsten wäre sie ihm jetzt gleich um den Hals gefallen, aber dafür war später noch genug Zeit. Also legte sie nur ihre Hand in seine und strahlte ihn an. „Das bin ich."

ENDE

4 x DANKE!

Danke an alle Leserinnen und Leser, die sich für meine Bücher interessiert, sie mit Freude gelesen, mir Tipps gegeben und mit mir bei Lovelybooks.de darüber diskutiert haben!

Danke an alle, die Inspiration und Anregung für meine Geschichten waren, vor allem die *Silver-Eagles-Line-Dancer* mit Marlies Häusler; die echten *Herbstzeitlosen*, die Inge Perleberg noch mit 92 dirigiert hat und natürlich Elke Sander, die wirkliche Hunde-Mama von Perla, die in vielen meiner Geschichten auftaucht!

Danke an alle, die gute Gastgeber für Autoren-Lesungen sind, besonders an das Nachbarschaftshaus im Ostseeviertel von Berlin-Lichtenberg, die Schule im Ostsee-Karree, das Cafe Grips in Berlin-Marzahn und das Grüne Haus in Berlin-Hellersdorf!

Danke an alle Mitarbeiter meines Verlages BoD, die mir immer die fantastische Möglichkeit geben, meine Geschichten in gedruckter Form zu sehen!

Von der Autorin sind im BoD-Verlag bereits erschienen:

Der Club der kleinen Millionäre

Coole Kids und der clevere Umgang
mit Geld

Die dicke Friederike
Von Pfunden, Freundschaft und Hunden

Das Monster im Schrank
Wenn Kinder Angst haben

Die Silver Girls
65 – Na und!

Immer wieder aufstehen!
Kurzgeschichten zum Mutmachen

Das gibt es doch nicht!
Unmögliche und fantastische Geschichten 1

Das ist wirklich das Allerletzte!
Unmögliche und fantastische Geschichten 2

Jetzt ist aber Schluss!
Unmögliche und fantastische Geschichten 3